拜託了！數學先生

・お任せ！数学屋さん・

Shogo Mukai

向井湘吾

張鈞堯／譯

目次

問題一

試證明數學有助於生活

天野遙討厭數學。

堆疊排列的英數字串、看不懂的神祕記號、拐彎抹角不像日文的說明文填滿整個視野。明明只是看課本卻會頭暈。即使請教老師，老師也只說「總之給我記住解法」，完全沒幫忙解決問題。

遙也不擅長冗長的計算。如果只有數字還好，要是加入x、y之類的字母，她不曾算出正確答案，每次上課被點到就會出糗。段考照例都得補考。升上國中之後也從來沒在五級評量表得到「2」以上的成績。

遙討厭數學。

直到遇見那名少年。

這個傢伙出現在黃金週結束後的週一。這個不合時宜的轉學生究竟是怎樣的人？在同學面前，這個傢伙面不改色地宣稱：

「我是神之內宙。特長是數學。將來的夢想是以數學拯救世界。」

所有人瞬間愣住，數秒後才哄堂大笑。東大磯中學二年B班的四十名學生，個個捧腹大笑，連擔任班導的英俊英文教師——木下老師，也忍笑忍得滿臉通紅。

這是刻意搞笑，肯定前所未有的成功。第一印象很完美，風趣的轉學生。一般來說，人們肯定立刻聚集在他身邊，他就這麼順利融入班級。

不過，這個傢伙看都不看哈哈大笑的同學們，快步走到角落的靠窗空位，朝鄰座的遙低頭致意之後，若無其事地就座。即使同學咧嘴轉頭看他，也保持冷漠毫無反應。

這傢伙是怎麼了……

遙感覺坐在旁邊的男學生散發著異常的氣息，目不轉睛從頭到腳打量他。依照剛才走過來的印象，他的身高在男生之中似乎相當矮。遙比女生的平均身高矮一點，但這個傢伙看起來和她差不多。明明是短袖季節，制服外套的釦子卻全部扣著，領鉤釦也規矩地扣好，面無表情地注視正前方。剪齊的短髮、當成小學生似乎也說得通的娃娃臉，還有大到實在不搭的眼鏡。

而且……

他似乎對於剛才逗人哈哈大笑的事情不以為意。應該說，到頭來他完全不像是會搞笑的個性。看來他完全沒有打算為了早早融入班級而取悅同學。

所以是怎麼回事？

代表他剛才的自我介紹是認真的？

怎麼可能。遙立刻否定自己的想法。再怎麼說也不會這樣。不可能。因為這傢伙剛才確實說了「數學」。說到「數學」應該只有那種數學吧？只會是讓遙升上國中至今吃盡苦頭，以數字、英文字母與莫名其妙符號排列而成的那個東西。光是回想都毛骨悚然的那個數學。

啊啊，月底的段考怎麼辦⋯⋯

遙正要用指尖抓梳自己過肩的頭髮時回神：沒錯，現在的重點不是下次的段考。總之，這個傢伙偏偏放話說，數學——在遙眼中只是厭惡目標的那個數學，是他的「特長」。光是這樣就覺得他精神有問題。

而且，這個傢伙後來說了什麼？

將來的夢想是以數學拯救世界。

以數學拯救世界。

以數學？

拯救世界？

過於異想天開。不是「成為警察保護日本」或「成為醫生救人」，居然放話要「拯救世界」，而且使用的是「數學」？

手段和目的完全不一致。

說真的，這傢伙怎麼回事……

不曉得這個傢伙是否知道遙正盯著他看。他從書包翻找出一本文庫本，但加裝書店的書套，所以看不到封面。

片段內文映入眼簾。

「……關於n次函數的圖形如上所述。此外，最常見的非連續函數，是使用高斯符號的函數，不過最具代表性的y=[x]圖形，和y=x大不相同……」遙的雙眼瞬間產生抗拒反應。

來了一個奇怪的轉學生。

這個傳聞眨眼之間在各班傳開，三天後，這個傢伙在二年級之間無人不曉。行經走廊，眾人的話題盡是神祕轉學生，甚至有人好奇從別班跑來偷看。

接下來究竟會掀起什麼風波？無聊的學生非常關切這個傢伙接下來有何驚人之舉。

一反眾人的期待，第一週風平浪靜地結束。這個傢伙除了總是在看數學書籍之外，沒做出特別奇怪的行動。就算這麼說，他也絕對沒有融入班級。由於第一天給人的印象過於強烈，大家傾向先「觀望」。

體育課時，他也沒加入大家，只是呆站在角落。午休時間默默吃便當，吃完立刻看起數學書。

朋友人數當然還是零。不止如此，甚至沒看過他和別人交談。至今聽他說過的話，只有上課時被老師提醒「喂，神之內，現在是英文課」的時候回應，「是，對不起」。除此之外，從進入教室到放學都不發一語。

轉學至今數天，這個傢伙愈來愈孤立，持續保持沉默。

「總覺得有點可憐呢。」

午休時間，真希嚼著飯糰低語。正對著她吃便當的遙停下筷子抬起頭。

真希是遙在班上最好的朋友，每天也一起吃便當。兩人從小學就認識，一起加入壘球社也是一大主因。她喜歡幫助別人又很可靠，在社團也受到大家的依賴，美中不足的是有點愛管閒事。

「可憐？」

「嗯，那個轉學生。」

真希朝靠窗角落一瞥，遙也跟著看過去。神祕轉學生似乎早早用餐完畢，已經埋首於書的世界。肯定又在看艱深的數學書吧。制服外套也一如往常連領鉤釦都扣好。

「果然是因為突然轉學而不安吧？」

真希吞下嘴裡的飯糰，壓低音調說：「畢竟如果沒有特殊隱情，就不會在這種時期轉學。」

特殊隱情……遙將章魚熱狗送入口中，思索好友這番話。

轉學時期大致都是四月。遙的父母一直在大磯町（神奈川縣西部的偏僻鄉鎮）工作，所以遙很難想像，但家長比較方便調職的時間肯定是四月。學校也一樣，新老師是在四月前上任。在五月這種不上不下的時期搬家，肯定是有相當的理由。

而且，重新編班至今一個月，也是他難以融入大家的原因吧？班上同學已經逐漸分成幾個感情較好的小團體。如果現在是四月，氣氛上肯定也容易交到朋友。不過，可能跟當事人的拗脾氣也很有關係……

「遙？喂～遙？」

「啊？」

遙回神揚起視線，真希一邊打開第二個飯糰的包裝，一邊看著她。大大的雙眼詫異凝視。

「怎麼在發呆？」

「啊，抱歉，剛才在想點事情。」

「什麼什麼？難道妳對那個轉學生有意思？既然這樣，我也會幫忙喔。」

「不是。為什麼會這樣說？」

遙無奈地搖頭，斷然否定。她確實在想那個轉學生的事，但再怎麼樣都不是真希想像的那樣。而且，明明是真希先聊起那個傢伙啊。

「什麼嘛，原來不是啊。」真希掃興低語，咬了一口飯糰。

「不過，如果妳有戀愛方面的煩惱，就找我商量吧。」

「這是怎樣？那真希妳自己呢？」

「我？我的男朋友是這，傢，伙。」真希說著，從掛在桌邊的書包取出褐色投手手套，作勢一吻。

露出苦笑。真希才二年級就是壘球社王牌，三年級引退之後將會成為隊長。這個回答很像她的作風，不過宣稱手套是男友的女生，究竟要怎麼擔任戀愛諮詢師？何況這女生過於不在乎自己的魅力。遙大致打量真希全身，暗自輕輕嘆息。真希身高稍微高於平均水準，體態修長，五官工整到連女生都著迷，烏溜溜的雙眼很可愛。不過頭髮以「太長會妨礙打球」為理由剪得和男生一樣短，身上的制服也是，從上衣到裙子完全沒加入巧思。難得擁有一副好身材又可愛，根本是暴殄天物。

真希沒察覺這份嫉妒，將剩下的飯糰扔進嘴裡，嚼幾口之後連同瓶裝茶一起吞下肚。她朝黑板上方的掛鐘一瞥，拿著手套起身。

「不提這個，得趕快吃完才行，不然男生又會占據操場哦！」

「對喔！今天一定要搶到大的場地！」遙連忙將剩餘的便當扒下肚。

同樣的對話、同樣的日常。即使這個傢伙出現在鄰座，遙的生活似乎也沒明顯變化。

不過，轉學至今剛好滿一週。這個傢伙終於開始行動。

遙拖著週一特有的慵懶心情進入教室，發現整間教室被異常的氣氛籠罩著。所有人竊竊私語。雖然沒有明顯的吵鬧，細語聲卻重疊產生陰沉的響聲，反而更詭異。

怎麼回事？遙感到不太對勁，停下腳步。

「啊，遙……」

先到教室的真希，察覺遙站在入口附近。真希臉上顯露著為難又無奈的神奇表情。

「真希早安。究竟怎麼了？」

「那個……」真希輕聲說著，以指尖示意某個方向。是靠窗後方，遙座位所在的方向。

遙看向那裡。怎麼回事？總覺得大家好像特別迴避那個角落……遙想到這裡時，思緒凍結。

鄰座，也就是那個傢伙的座位旁邊，某種像是布料的東西迎風招展。仔細一看，長方形的白布沿著長棍固定為細長的旗子，垂直綁在桌腳。看起來簡直是戰國時代的軍旗，但旗面不是家紋或「風林火山」的文字。

白色的旗面，以又黑又粗的字體寫下這幾個字：

數學屋

遙就這麼凝視這三個字無法動彈。

無論從上到下審視多少次，上頭都寫著「數學屋」。不是「蔬果屋」或「鮮魚屋」，是「數學屋」。在教室開蔬果店或鮮魚店當然傷腦筋，但如果是這兩種店還算好，他開了一家「數學的店」。還以為在販賣課本或是參考書，那個傢伙卻照例只是坐在座位看書，完全無法理解他想做什麼。

還是說，這是某人的惡作劇？某人犯下「欺負轉學生」這類最不能做的愚蠢行徑？

「我剛才到教室，發現他自己把旗子綁在桌腳……究竟是怎麼回事……」真希向遙打耳語。遙聽到這段話只想抱頭。

不是被某人惡整，是自己這麼做的？搞不懂。不對，到頭來，或許想搞懂就是一種錯誤。那可能只是搞笑，正在等人消遣。

不過，遙回憶他轉學第一天的狀況，就立刻放棄這份期待。當時的那個傢伙不在乎是否引人發笑，非常正經。由此推測，那個傢伙這次肯定也很認真。

此時，遙身後的門喀拉喀拉的開啟。

身穿藍色襯衫、窄管長褲，沒打領帶的男性瀟灑進入教室。他的打扮與其說是教師，更像西服廣告的時裝模特兒。是擔任班導的英文教師兼壘球社顧問——木下老師。

「早安！大家都來了嗎？咦，總覺得各位今天心神不定喔。天野也是，妳杵在那種地方做什麼？究竟怎麼回事……」老師似乎也在進入教室的瞬間察覺異常氣氛。不久，他注意到靠窗最後方的旗幟。

短暫的沉默。教室裡的人們屏氣凝神，等待木下老師的反應。

「……好、好了，快回座，要點名了。」

看來，即使是多了十幾年人生歷練的木下老師，也沒辦法應付這個狀況。

到最後，各科老師們都察覺教室後方架起的旗幟，卻沒人提及。不止如此，這個傢伙今天即使在上課時看數學書籍也沒被訓誡。老師們都苦惱於如何處理，最後決定視而不見，所以當事人度過完全和平的一天。

受害的反倒是遙。

即使在上課時，前面座位的學生們也不時轉頭看，甚至聽得到某處傳來清脆的偷笑聲。他們偷看或嘲笑的對象當然不是遙，但因為座位相鄰，所以遙以為自己被嘲笑，感覺很差。

一整天都是這個樣子，所以遙終於失去耐性，在放學的班會時間結束後，找鄰座的那個傢伙問話。幸好社團週一休假，不愁沒時間。

「那個，神之內……」

「『神之內』太長了，叫我『宙』就好。」遙差點岔氣。他第一次對話就要求對方「用名字稱呼」。到了這個地步，遙已經超過無言以對的程度，甚至覺得他具備搞笑天分。

遙不得已忍笑再度搭話。

「那麼，宙……」

「什麼事？」

名為宙的少年，闔起正在閱讀的書，轉身面向鄰座的遙。他轉學至今一週，而且兩人座位相鄰，但這是第一次交談，也是第一次像這樣面對面。

想到這裡，遙就發現自己完全不知道宙是怎樣的人。雖然鼓起勇氣搭話，卻不曉得接下來該說什麼。到頭來，對話能成立嗎？應該不會失言惹他突然生氣吧？

遙說不出下一句話而遲疑時，宙出乎意料先開口了。

「難道是客人？這麼一來，妳就是這間『數學屋』值得紀念的第一位客人。」

「啊？」

「來，任何問題儘管找我商量。我一定會以數學之力解決。」

「等、等一下……！咦，什麼？客人的意思是……？」

這個傢伙挺胸如此宣布，但遙完全無法理解狀況。到頭來，「數學屋」是什麼？「客人」是什麼？不對，既然是商店就理所當然有「客人」，但這究竟是什麼店？究竟能為「客人」做什麼？何況為什麼要在教室開店？

冒出來的問題堆積如山，在腦海中盤旋。但遙不知道究竟該從何問起。而且無法保證問了可以得到正經的回答。不對，他應該不會回答。

「咦？不是客人？」

遙露出驚慌的樣子，宙見狀似乎終究察覺不對勁，蹙眉如此詢問。太好了，看來他好歹明白這一點。遙稍微安心，勉強恢復冷靜。

「當然不是。何況『數學屋』是什麼？」遙指著從桌腳伸長的旗幟詢問。

宙愣了一下，眼鏡後方的雙眼瞪大。但他立刻輕輕「啊！」了一聲。

「對喔，光是這樣看不出是什麼樣的商店。我失敗了……難怪沒任何客人上門。」他說完看向下方，雙手抱胸頻頻點頭，逕自接受自己的推測。遙無奈嘆氣。

看來他不是壞人，卻沒想到這麼欠缺常識……

不知何時，教室裡只剩下遙與宙。窗外是晴朗舒適的五月天。操場傳來棒球社進行暖身操的吆喝聲。

「所以，『數學屋』到底是什麼店？」感覺扔著宙不管，他會一直點頭下去，所以遙再度詢問。到頭來，遙就是想問這件事因而特地留在教室。其實現在本應和真希快樂聊天踏上回家的路才對。

「問得好。」宙說完得意洋洋地挺胸。午後陽光斜射在眼鏡，閃閃發亮。

問完這個問題就回家吧。在家裡懶散消磨時間，宣洩鬱悶的心情吧。遙微微離開椅子，做好隨時離開的準備。

「『數學屋』是以數學之力解決大家的煩惱，類似煩惱諮商處的地方。」……不行，更搞不懂了。遙微微離開座位的身體再度坐回去。

「煩惱諮商？這是輔導老師在做的事吧？」

「確實沒錯。不過，學校很多問題無法由輔導老師解決。因為他們基本上依賴心理學。要解決他們無法處理的問題，就需要數學。」宙充滿自信地回答，伸手碰觸旗幟。捲起來的布「啪沙」一聲展開。

「數學屋」，又黑又粗的文字映入眼簾。

遙知道少年的話語也有道理。在遙的學校，輔導老師是在每週三放學後前來。

但光是這樣絕對無法解決所有學生的煩惱。畢竟輔導諮商並不是能輕鬆進行的事情，其中也有一些問題即使諮商也無從解決。遙也知道光靠諮商輔導還不夠。

但是別的不用，偏偏用數學……在學校課程之中，這似乎是距離諮商最遙遠的學科。無論如何，遙都無法想像數學能協助解決煩惱。

「可是，數學只能解決計算問題吧？」遙不加思索地追問。

宙的眉毛隱約晃動，毫無表情像是戴著面具的臉沒有變化。但他如同要以視線射穿遙的雙眼般凝視，眼睛深處隱藏強烈的光芒。

「沒那回事。」宙就這麼面無表情，平靜卻果斷地回答。

「好，我現在就讓妳知道數學多麼實用。」

我說了不該說的話嗎……？遙如此心想時已經太遲了，宙在桌上攤開筆記本，從書包取出文具。

「知道『質數』吧？」

唐突的詢問使得遙瞬間語塞。不過，即使是討厭數學的遙，至少也知道這個詞。

「……啊，嗯。記得國一的時候學過。是無法整除的數吧？」

「對。」宙點頭回應，鉛筆在筆記本遊走。

2、3、5、7、11、13

明明看起來只是隨手書寫，每個數字卻精準位於行內，排得整整齊齊。

「這種數字就是質數。正確來說是『除了一與該整數自身，沒有其他因數的正整數』。七只能被一與七整除、十一也只能被一與十一整除。順帶一提，一不包含在質數之內。」宙以艱深的話語再度說明，但遙不太清楚「無法整除的數」和「除了一與該整數自身云云」有什麼差別。

「學校的課程上到『質數』時，也一起教到『質因數分解』吧？像是『10＝2×5』或『24＝2×2×2×3』。」宙一邊說，一邊以鉛筆在筆記本書寫。

「再大的整數也可以分解。報案電話『一一〇』是『110＝2×5×11』；東京晴空塔的高度是六三四公尺，分解就是『634＝2×317』；此外，九九九九當然也可以分解。『9999＝3×3×11×101』。一〇一或三一七是相當大的整數，但其實只能以一與自己整除，是了不起的質數。」

數字接連寫在筆記本上，如同具備意志的小人群，整齊並排在行內。

全都是心算，令人驚訝。

遙記得好幾次因為「質因數分解」的問題落淚。反覆筆算，以為好不容易算出答案卻是錯的……如此麻煩的計算，宙卻若無其事地迎刃而解。到頭來，光是心算就算得出三一七是質數嗎？還是他一開始就背下這種程度的質數？遙覺得這是自己完全無法理解的世界。

「就像這樣，所有正整數都能以質數相乘顯示。成為所有整數構造『本質』的『數』。所以叫做『質數』。」

「這樣啊……」遙輕聲附和。她不知道除了附和還能說些什麼。

宙的計算能力確實令遙佩服，但說穿了也是如此而已。和去年吃盡苦頭的計算問題一樣。老實說，她完全不曉得這東西哪裡「實用」。

啊，明明是難得的社團休假日……遙在內心咒罵。不知道真希她們在做什麼，說不定正在常去的速食店聊天。如果是這樣，現在過去不曉得來不來得及。遙心不在焉思考這種事，低頭看向宙的筆記本。但是繼續注視羅列的算式似乎會眼花，所以遙立刻抬頭。

「啊……」她不由得輕聲驚呼。

在笑。宙轉學至今第一次露出笑容。眼睛閃亮，露出潔白的牙齒，得意洋洋，像是由衷感到高興般笑了。如同將首度完成的圖畫拿給母親欣賞的孩童。

遙再度看向筆記本。視線從頭到尾緩緩掃過。平常不經意看見的各個數字，都被分解為質數。

質數。本質之數。真正的樣子。

「知道這個用在什麼地方嗎？」

「啊？」

看著質數數列的遙，剛開始沒發現宙在問她，反應因而慢了數秒。即使如此，宙完全沒展露不耐煩的模樣。少年以鉛筆筆尾抵住眼鏡一角，將眼鏡扶正。

「用在……什麼地方？就是段考，或是校內模擬考……」

「不，不是那樣。」宙立刻插嘴。不是強迫，是極為自然地介入。「我的意思是要用為生活的助力。質數如果沒用來做點事，會很可憐吧？」

遙不禁露出抽搐的僵笑。

將質數用為生活的助力？還說質數很可憐？這傢伙究竟在講什麼？日常生活確實需要加減乘除，遙明白這一點。如果不會這種計算，連買東西都無法好好買。但宙說的是質數。質數這種東西，只是因為考試要考才會學。不止是未曾用在日常生活，也無法想像用在何種場面。質數怎麼可能成為生活的助力，這種事……

「就是密碼。」只是如此簡單的話語。

如同領導者以一句話讓議論紛紛沒有共識的群眾安靜下來。如同輕觸響亮太鼓的鼓面平撫振動。這句話投入混亂的遙腦中。

並不是理解了宙的意思，但這句話充滿了自信的力道。光是這樣，就足以平復攪成一團的思緒。

「質數可以用為密碼。」宙在「9999=3×3×11×101」的下一行振筆疾書。真的隨手寫下，看起來沒想太多。

391

「這其實是兩個質數相乘的數字。」

「咦？你怎麼知道？」

「因為我算過。」

遙無言以對。既然這個少年宣稱是算出來的，應該如他所說吧。遙不認為他有時間計算，但他的大腦構造肯定和遙不同。

宙無視於沉默的遙，開始摸索掛在書桌旁邊的書包，從常見的藍色書包取出明信片大的黑色計算機。

「來，借妳。」宙以雙手鄭重遞出計算機，「用這個挑戰質因數分解吧。」

為難的遙不得已接過計算機。這個計算機似乎是塑膠製，看起來相當老舊，各處沾上深色髒污。不過大概是很珍惜地使用，看不到任何損傷，摸起來一反外表莫名光滑。

「我可以用計算機嗎？」遙心想，「為什麼我要做這種事……」提出率直的疑問。

「我記得之前學過，數學問題一定要親手計算才行。」

宙聽完張嘴愣住，整整僵住五秒後回應：「因為使用計算機，可以計算得更快更正確，用不著刻意花時間筆算吧？」宙的疑問毫無挖苦之意，連這份純真也確實傳達給對方。他的語氣就是如此神奇。

「店裡的收銀機也類似計算機，電腦也是計算機的衍生。計算很麻煩的時候，依賴計算機也沒關係的。」

遙感覺莫名掃興，輕輕嘆出一口氣。不過聽他這麼說就覺得確實如此。考試時不准學生用計算機，而且宙直到剛才也全部使用心算，使得遙誤以為用自己的實力計算才了不起，不過並非如此。如同宙所說，大人們都在使用機器。有必要的時候利用必要的工具也無妨。

想到這裡就覺得稍微輕鬆，可以挑戰看看。遙將筆記本拉到自己面前。這是為了面對。不是面對「最討厭的數學題」，而是面對眼前宙所設計的問題。

三九一不是偶數，所以遙立刻知道無法被二整除。那麼，三可以整除嗎？她操作計算機輸入算式。

「391÷3……」

「唔……！」

130．3333333

沒中。遙不認為一次就猜得中，但是猜錯果然不舒服。她如同要重新振作，敲打計算機的按鍵。幸好筆記本上方排列著宙剛才寫的「2、3、5、7、11、13」等質數，照這個順序計算就好。

391÷5，391÷7，391÷11，391÷13……

全部沒中。

遙忍不住瞪向宙。

「這真的可以整除？」

「可以，再試一下。」宙一如往常以沉穩的態度，不慌不忙如同勸誡般回應。

遙不得已再度操作計算機。唔，十三之後的質數是……十四、十六可以用二整除，十五可以用三整除，這麼一來……

「啊……十七就整除了！」遙不禁放聲大喊，隨即臉紅。她連忙環視四周，幸好教室只有他們兩人。遙鬆口氣，再度看向計算機。

計算機的細長畫面顯示「23」。

「也就是說，答案是『391＝17×23』？」

「嗯，正確答案。」宙大幅點頭到沒必要的程度，在剛才寫的「391」後方補足算式。

391＝17×23

宙寫好之後不知為何注視算式，滿足般頻頻點頭。

突然間，宙剛才說的「密碼」兩個字掠過遙的腦海。或許「391」暗藏某種特別意義，經由質因數分解就看得見。很像是推理小說的劇情。宙該不會是發現「暗藏的意義」而逕自滿足吧？遙想到這裡，就學著宙注視算式。

不顧一切，凝視整整一分鐘，看到眼睛發痛。

位於那裡的，果然只是普通的算式。

「意外地麻煩吧？」

欣賞結束之後，宙先開口了。遙眨了眨眼睛率直點頭。實際上，她想到沒計算機必須計算多久就不禁發毛。或許會算錯而得不出正確答案。

「不過，這為什麼是密碼？十七或二十三是具備某種意義的數字嗎？」

「數字本身當然沒意義。重點在於難度。」

「難度？」

「嗯。」宙停頓片刻，以鉛筆筆尾扶正眼鏡。這或許是他的習慣動作。

「只是二位數的乘法，就非得計算好幾次才算得出答案吧？如果是一百位數或一千位數質數的乘法，用計算機也解不出來。」

遙聽到一千位數，剛開始是想到一千或兩千這種數字，但仔細想想，這以位數來說是四位數。一千位數是一千個數字並排。

一千個……

遙試著逐一數筆記本上的數字。「634=2×317」共七個數字，加上「=」與

「×」是九個。看起來數字很多的「9999=3×3×11×101」也才十一個數字，加上符號共十五個。

接著她看向還拿在手上的計算機，試著連續輸入「1」。

1111111111

剛好十個。繼續輸入就無法完全顯示在畫面。若要打一千位數，居然還差九百九十個數字。

「咦，記得地球總人口數是七十億人吧？」遙戰戰兢兢地低語。

「嗯，地理課本提過。」

遙驚訝於宙原來會看數學以外的課本，但現在無暇在意這種事。七十億。這是在遼闊地球的人類數量。遙第一次聽到時覺得是天文數字，然而……

「那個，七十億是幾位數？」

「唔～十位數。」

遙感覺腦袋遭到重毆。集結地球上的所有人類也才十位數！一千位數真的是遙不可及。而且差了九百九十位數。九九〇。

不止如此，這種一千位數的數字還相乘。這樣的話……究竟會成為多大的數字？到了這個程度，已經超越遙實際能感受的領域。唯一能確定的就是她絕對不想計算這種天文數字。

「如何，非常難吧？」宙放鬆嘴角向遙述說。「這種高難度計算是運用在電腦的保全。」

「保全……」遙像是在嘴裡品味般，輕聲說出這兩個字。

「以剛才的例子，『391』是鎖，『17』與『23』是鑰匙。沒湊齊兩把『鑰匙』，就無法開『鎖』檢視裡面的資料。」宙說著在「391＝17×23」下方書寫補足。還以為是什麼陌生符號，但他似乎要畫鎖與鑰匙。「391」下方是想像鎖頭畫成的魚板狀圖畫，「17」與「23」下方各自畫上歪七扭八的線，不曉得是鑰匙還是骨頭。看來他寫得出工整到嚇人的算式，卻不擅長畫畫。

遙輕聲一笑，宙完全沒察覺，繼續說明。

「如果『鎖』是三九一，當然可以像剛才那樣計算出『鑰匙』。但如果『鑰匙』是一千位數，就沒辦法算出來吧？」

確實沒錯。連計算機都無力應付的計算，完全不曉得該如何著手處理。遙盡可能不看圖畫，頻頻點頭附和。

「而且，我一下子就製作出了這道『鎖』。我只是隨便找兩個質數相乘而已。製作很簡單，解開卻很困難。這麼方便的密碼很少見吧？」

遙聽到這番話，就想起宙剛才沒思索太久，就在筆記本寫下「391」這個數字。當時她覺得不可思議，但現在就能認同。其實用任何數字都好，宙只是適當挑兩個質數當「鑰匙」相乘，即興製作一道「鎖」。除了心算快到異常，不是什麼困難的事情。

這麼一來……只要有心，更大的「鎖」也可以輕易製作。問題在於要如何將一千位數的數字相乘，不過使用電腦肯定做得到。遙不知道詳情，但她聽說電腦的計算能力很強。再來只要適度挑兩個一千位數的質數相乘……

「咦？」

遙想到這裡，遭遇一個大問題。

「一千位數的質數真的存在嗎？」這個問題很可能破壞大前提，但遙不得不問。因為質數應該是形成其他數字的「原料」。這麼大的數字居然是「原料」，簡直無法想像。

一千位數的領域。一千個數字並排的世界。宙即使知道一〇一或一三七，終究也無法應付這種問題吧。遙壞心眼地瞇細雙眼注視宙，預料他將會結結巴巴無法回答。

但是宙面不改色，以鉛筆抵著眼鏡一角扶正，果斷回應。

「有。一千位數的質數確實存在。」

一看就知道他不是虛張聲勢。充滿自信的雙眼，如同曾經親自確認過。宙的雙眼蘊含神奇的力量，似乎只要不說話就會被吸入。

「難道……你計算到一千位數？」

「不，錯了。不是那樣。」

「那你究竟為什麼……」遙尖聲逼問，相對的，宙靜靜地雙手抱胸低頭片刻。與其說是語塞答不出來，更像是慎重地擇言回應。

接著他下定決心般開口，說出更震撼的話語。

「我並不是實際計算過。不過，一千位數的質數肯定存在。不止是一千位數，即使是一萬位數、一百萬位數也有質數。」

「怎麼這樣……質數到底有幾個？」

「無限個。」宙間不容髮地回答。「質數有無限個。」

無限。由於出現過度唐突又宏偉的詞，遙的思緒被拋在腦後。腦海一片空白，只有「無限」這兩個字冰冷響遍每個角落。思緒的齒輪經過數秒延遲再度運轉。不過重新啟動時伴隨些許的混亂。遙以粗魯的語氣，一鼓作氣像是連珠砲般質詢。

「等一下！無限？無限的意思是無窮無盡吧？你為什麼知道這種事？誰查過嗎？是誰？怎麼查的？因為數不盡才叫做『無限』吧？這種東西不可能查得出來啊！」遙將湧上心頭的疑問悉數提出。她至今逼自己面對討厭的數學，但這次終究跟不上。她也知道自己語無倫次，知道這樣責備只會讓宙為難，但她按捺不住。

我在做什麼啊……

遙將想說的話全部說完、宣洩出來之後，氣喘吁吁地心想。

這麼一來，我只是一個性急又麻煩的傢伙吧？

即使如此……

即使如此，被她語無倫次大喊的當事人，卻笑咪咪地說：

「嗯，很好。這樣的質疑很重要。」

遙以為自己聽錯。也以為宙在強顏歡笑。

不過，她錯了。熱愛數學的少年比剛才更加充滿活力說下去，「確實有無限個，再怎麼數都沒完沒了，所以無法實際查明。」

少年眼神閃亮，姿勢前傾到差點離開椅子。大大的眼鏡進逼過來，相對使遙往後仰。

「但是使用數學就做得到。可以證明人類不可能窮究的『無限』。」他說著以鉛筆扶正眼鏡。這個動作也似乎得意洋洋。

再度試著聆聽吧。他隱含某種令遙想這麼做的要素。

「讓妳見識『無限』的世界吧。」

「假設某人『發現最大的質數』吧。」宙說著拿起鉛筆，在筆記本新的一頁迅速寫字，「這個數字為x，只能以x與一整除。」

寫在新頁面最上方的不是算式，是下述的話語。

假設：最大質數x存在

字體莫名地圓滾滾，不像男生寫的字。遙拚命理解這句話的意思。

「到這裡聽得懂嗎？」

「嗯，沒問題。」

雖然說明得很簡短，化為言語只有一行，卻是遙的一大挑戰。這正是理解未知領域、理解無限世界的第一步。

宙看見遙認真的表情，滿意地點了點頭，停頓片刻之後繼續說明，「但如同剛才所說，質數有無限個，不可能找得到『最大的質數』。所以有說謊，我們非得拆穿它。」

拆穿謊言就可以引導我們前往無限的世界。遙理解到這裡時，察覺自己的情緒莫名亢奮。

「總覺得好像偵探呢，我開始興奮了。」

「沒錯，數學家也可以當偵探，可以做任何人。」

原本以為宙會適度敷衍，他卻天真地大幅點頭，一派正經地回應，並且在筆記本下一行加寫一條奇怪的算式。

$$x!+1$$

「『！』是什麼？」遙直接說出內心的想法。她當然看過這個記號。是經常在漫畫台詞看見的驚嘆號，加強語氣的符號。

不過，她不太懂「加強x」的意思。究竟是怎麼回事？

「這是『階乘』的記號。」

宙以緩慢的語氣回答，特別強調「階乘」兩個字。接著他在同一頁正中央區域，流利寫入數條算式。

2!＝1×2

3!＝1×2×3

4!＝1×2×3×4

5!＝1×2×3×4×5

「懂嗎？」

「唔～也就是說，只要加上驚嘆號，就要從1一直乘到這個數字？」

「嗯，就是這樣。」宙更加誇張地點頭。「這叫做『階乘』，驚嘆號就是代表符號。看，像這樣排列就很像階梯吧？『階乘』的『階』是『階梯』的『階』。」

原來如此。聽他這麼說就發現，愈下方的算式愈長，如同排成一道階梯。宙在「2!」到「5!」打造的階梯正中央加上某個東西。看似鐵絲束的這個物體大概是小人。明顯歪七扭八的腳，試著從「4!」爬上「3!」那一階。

「那麼，這個『x!』的意思是『從1到x全部相乘』？」

「嗯。然後再加一就是『x!+1』。」

$$X!+1=(1\times2\times3\times4\times\cdots\cdots\times X)+1$$

往頁面上方一看，「x!+1」後方不知何時補上整齊的算式。遙再度看向算式階梯。這裡只寫到「5!」，但階梯實際上繼續往下延伸。大概會到「100!」或「1000!」吧。雖然不知道位於何處，但「x!」的確是位於階梯某處。

無限延伸的算式階梯。

想到這裡，就覺得宙剛才畫的小人看起來不是上樓，而是下樓。為了從「2!」這個最小值前去尋找更大的數字，提心吊膽地不斷下樓，前往無限的深淵。

看起來也像是進逼無限之謎的宙自己。

「所以，『x!』的意思是……」宙以鉛筆筆尖指著「x!」，遙回神從算式階梯移開目光。宙當然沒察覺。

「『從1到x的所有整數都能整除』。這部分懂嗎？」

「呃……」

「別想得太艱深。二的倍數可以用二整除、三的倍數可以用三整除，這是相同的道理。例如『3!』是一的倍數、二的倍數，也是三的倍數。所以一到三都可以整除。」

遙讓差點沸騰的大腦全速運轉思考。

「3!」是「1×2×3＝6」。一與二與三確實都能整除。那麼「x!」呢？就寫在筆記本上方。「1×2×3×4×……×x」。

「『x!』是從一到x所有整數的倍數。所以一到x的任何整數都能整除。到現在為止懂嗎？」

遙停頓數秒，好不容易點頭回應。沒問題。即使面對x這種莫名其妙的符號，只要按照步驟就可以理解。

宙等遙反應之後繼續說明。不經意之間，他的臉竟然泛紅了起來。

「『x!＋1』呢？明明好不容易可以漂亮整除卻加了一，所以用x以下的所有數字來除都會餘一吧？啊，如果是一當然可以整除，但是一不算質數，所以不用思考這一點。」說明稍微加快，遙差點再度跟不上。等待宙停頓之後，她整理思緒。

遙不太懂「x!＋1」。

「3!＋1」呢？「1×2×3＋1」。明明至今可以用二或三整除，加一之後確實會出現餘數。就像是明明可以和樂融融分享的披薩故意多加一片。

「4!＋1」或「5!＋1」也一樣。明明可以整除，卻因為加一而有剩。既然這樣，「x!＋1」也同樣無法以x以下的數字整除……？

「咦？」此時遙感到不對勁。奇怪。某個地方不太對。明明肯定已經理解宙的說法，卻產生了突兀感。就像整張圖已經完成，卻還剩下拼圖的神奇感覺。

「發現了嗎？」

接著，宙點出了突兀感的真面目。

「二以上的自然數，可以只用質數相乘來表示。如果『x是最大質數』是真的，『x!＋1』也肯定能以x以下的質數相乘來表示吧？但『x!＋1』無法以x以下的任何質數整除，換句話說，沒辦法進一步進行質因數分解。不覺得這樣很矛盾嗎？」

正是如此。宙剛才說過，所有數字都能只以質數相乘來表示，所以才叫做「本質」之數。「x!＋1」也不例外。某處出錯了。某人在說謊。換言之，某處與某人是……

「也就是說，x不是最大的質數。到頭來，『找到最大質數了』這句話是謊言。」

假設：最大質數x存在——矛盾

「所以，質數有無限多個。」

宙說著在最上面那行加上「——矛盾」時，一道電流穿過遙的體內。眼前的黑暗頓時敞開，感覺在瞬間眺望到無盡階梯的最深處，本應不可能窮究的無限，人類無法抵達的未知領域。這樣的存在，確實在此一瞬間得到證明。

「這叫做『反證法』。推理出矛盾的結果，證明和假設相反的事情。但是國中學不到這個。到頭來，論證方式有很多種，除了普遍的『演繹法』，還有『數學的歸納法』或是『對偶命題』……」

宙開始解說某些道理，但已經傳不進遙的耳裡。

不可能做得到。直到剛才以這種說法怒罵的「無限的證明」，如今在眼前完成了，由這個娃娃臉少年完成。

遙突然覺得自己剛才的態度很丟臉。

「對不起……」遙輕聲一說，眼神閃亮持續述說的宙，停頓不再說話。

「我剛才擅自斷定『做不到』而激動，害你覺得不舒服吧？」

「妳剛才大喊的時候稍微嚇到我，但這種事不重要。」宙立刻回應。對於陷入嚴重自我厭惡的遙來說，這份態度令她有點掃興。宙似乎真的由衷地認為這種事不重要。

「不提這個，很厲害吧？使用數學，就可以證明實際不可能看見的『無限』。」宙的雙眼再度點亮光輝。

「而且，已經因為證明質數有無限多個，世間一直在研究尋找更大的質數。記得幾年前發現的質數大約一千三百萬位數。能想像一千三百萬個數字並排的樣子嗎？一千三百萬大約是東京都的人口。如果準備很長的紙，東京居民每個人寫一個數字，就可以完成這麼大的數字。」

遙在內心想像東京市居民排成一列，在地上細長紙張寫數字的樣子。那天肯定會封鎖馬路，停班停課吧。雖然是無比異常的光景，但她更詫異發現這種怪物質數的會是何方神聖。

「剛才提到將質數用為密碼吧？每次找到更大的質數，就可以製作更難解的密碼。這麼一來保全就逐漸穩固，保護重要資料不被駭客入侵。」不是一千位數的話題，而是一千三百萬位數。以這種質數當「鑰匙」的「鎖」當然不可能破解，裡面的資料肯定安全吧。

「不止是保全，使用數學可以做更多不同的事。數學不是用來解出考題的工具，是用在更現實的地方，用來解決世界各地問題的工具。我就是為此而研讀數學！」

啪啪啪……

遙在自己都沒察覺的時候都拍手了。不知何時起身用力握拳的宙，左顧右盼再度坐好。這是遙第一次看到他亂了分寸。

「宙好厲害！你平常不講話所以我不知道，原來你在想這種事啊。」

「唔，嗯。這是所謂的『信念』。」宙再度面無表情，似乎要掩飾依然稍微慌亂的內心。

而且，他以鉛筆筆尾扶正眼鏡之後這麼說：

「那麼，接下來解決妳的問題吧。妳有什麼煩惱？」

「啊？」這次輪到遙亂了分寸。宙的言行從剛才就過於唐突。

「慢著，為什麼突然變成這樣？」

「因為妳是『數學屋』的第一個客人。」宙以鉛筆筆尖指著旗幟。雖然再度捲起來看不清文字，但上頭肯定標著「數學屋」三個字。

「數學屋」。運用數學的煩惱諮商處。

老實說，數學是否真的能在諮商煩惱時幫上忙，遙依然半信半疑。她已經明白數學比想像中深奧許多。但即使有助於電腦保全，也不保證能協助解決平凡國中生的平凡煩惱。應該說，遙極難想像數學可以有別的用途。

「迷惘嗎？那麼，要不要換個方式想？」遙沉默之後，宙眼神閃亮地開口。

「假設妳不把煩惱告訴我，煩惱就無法解決。期望值是零。」

期望值？出現一個有點麻煩的數學用語，遙歪過腦袋。但宙完全不在意遙的反應。

「接下來試想妳會找我商量煩惱。以這種狀況來說，我可能會向妳提出解決方法，這麼一來，期望值必然大於零。因此以數學的角度，妳『應該』找我商量。」

宙高聲宣布之後，微微起身往前傾。遙懾於氣勢眨了眨雙眼。

雖然不知道是什麼情形，但不知不覺似乎得出「應該找他商量」的結論了。

「好啦，別客氣，我一定會解決。」宙筆直注視遙的雙眼，自信地這麼說。遙不由得笑了。棒球社所在的操場，傳來「鏗」的打擊練習聲。

到最後，遙完全不曉得為什麼以數學的角度「應該找他商量」。不過……走到這一步，就稍微聽聽他的說法吧，掛著苦笑的遙心想。

「……我加入的社團是壘球社。」

「嗯嗯。」

遙謹慎地開始述說。宙把身體靠向遙，她隨手讓自己的椅子遠離宙，「我覺得該買新手套了。不過社團活動提早結束的日子，回家途中會和朋友去速食店，太多零用錢花在那裡，一直存不了錢。」

不免覺得這只是自己的任性，但這是遙當前最大的煩惱。現在的手套也很順手，卻是剛加入時買的便宜貨。現在球技進步很多，所以也想用高級一點的手套。不過，最重要的錢一直存不起來。或許別人會說缺錢就不要亂買東西吃，實際上卻做不到。女生之間的友誼非常細膩，光是「不配合大家」就可能成為中傷的要素。真希當然不是這種人，但其他壘球社員就不得而知。

遙在這方面頗為煩惱，但這個煩惱並非不能讓宙知道，何況要是他能解決就算賺到。畢竟是錢的問題，向數學好的少年徵詢意見也不錯。

「原來如此，我明白妳的問題了。」前傾的宙朝遙投以正經的眼神，以鉛筆筆尾扶正眼鏡。

「妳一個月的零用錢多少？」

「三千圓。」

「社團活動提早結束的日子是星期幾？」

「呃，星期二跟星期六……」

「平常到速食店都點什麼？」

「等一下，為什麼連這個都要問？」宙連續問太多問題，遙不禁打斷他。但宙的表情沒變，不知何時還寫起筆記。

「這是必要的問題。我為了解決妳的問題，在收集必要的『數值』。」

想要的東西手套

零用錢＝3000圓／月

速食店＝2次／週

遙朝筆記本一瞥，發現她剛才提供的訊息被簡潔條列整理。使用「＝」或「圓／月」這種符號，很像這位少年的作風。如同印刷字體的漂亮數字，混入莫名圓滾滾的漢字與日文字，感覺好奇妙。

「所以，平常都點些什麼？」

「……普通的漢堡。」

「價格呢？此外，沒點飲料嗎？」

這傢伙真的想只以數學解決？遙被他的詢問攻勢問到煩，但是除非老實回答，否則他不會讓步吧。遙不得已率直回答平常點的餐點。

「每次都點一樣的東西，一百八十圓的漢堡和一百圓的可樂……」遙姑且在省錢，所以點的餐點相當寒酸，再怎麼樣都沒辦法向他人炫耀。不止是沒像朋友搭配薯條，也沒買過蘋果派。其實她有一點點羨慕別人。

「嗯，原來如此原來如此……」

漢堡＝180圓

可樂＝100圓

宙一邊點頭一邊寫筆記，接著將左手伸進桌邊的書包。

遙深感興趣看他這次會拿出什麼法寶，拿出來的是黑色封面，小到可以單手拿的手冊。宙打開手冊本月行事曆的頁面，輕聲數著「一、二、三……」，閒著的右手在「可樂＝100圓」的下一行流利寫下算式。

3000－{(180＋100)×9}

是什麼算式？遙如此心想時，宙已經在旁邊以計算機開始計算。「噠噠噠」的悅耳敲鍵聲響起，接著在筆記本寫下計算結果。

$3000-\{(180+100)\times 9\}=480$（圓）

「這是什麼算式？」

「我從妳一個月的零用錢三千圓，扣掉一個月的開銷。『9』是這個月週二與週六的總天數。」

遙的頭腦忙碌運轉。「180+100」是漢堡加可樂的價錢，等於是每次的開銷加總。九次就是一個月的開銷吧。原來如此，遙確實明白算式的意義。

咦？等一下……零用錢扣掉開銷是四百八十圓，也就是說……

「要是維持現狀，妳一個月只能存四百八十圓。」

「唔……」遙語塞。她早就覺得遲遲存不了錢，卻沒想到這麼難存……重新面對數字，就覺得自己的浪費好丟臉。明明自認很省了……

遙的收入當然不止是每月的零用錢。過年領得到壓歲錢，而且每次拜訪爺爺奶奶肯定會有額外收入。不過這種比較大筆的錢，大多用來買衣服或小東西，不會留作日常餐費，最後只能在每個月零用錢的範圍設法籌措。

結果就是每個月淒慘地只剩下四百八十圓。這樣要買新手套根本是遙不可及的夢。

「所以，還缺多少錢才買得到手套？」宙像是落井下石般詢問垂頭喪氣的遙。

「……六千圓……」

「最晚想在什麼時候買？」

「其實我想在半年後的新人賽用新手套……為了練到順手，我想在九月左右買到……」遙愈說愈小聲，連自己聽到都難為情。但這也在所難免。

遙自己都無奈認為這種計畫很魯莽。明明自認省吃儉用，目標金額是六千圓，每個月卻只能存四百八十圓，明白到這種程度，連遙也能計算。以這個速度，別說九月，一年都存不夠。宙再怎麼計算應該也無法撼動這個結論。

就算這麼說，她也不想減少聚餐次數，被當成「不配合大家」的人。這麼一來，剩下的手段就是死皮賴臉向家裡要錢，或是預支壓歲錢。無論如何，想節省零用錢存六千圓的計畫，看來只能放棄了……

宙好心陪我商量，總覺得過意不去……

不過，他讓我知道這個計畫很魯莽，就某方面來說獲益良多吧……失望的遙沉思。

「既然是九月中，距離現在是四個月……」

遙懷疑自己聽錯。

「『6000÷4＝1500』啊。換句話說，每個月存一千五百圓就行。」宙這個數學少年，左手翻著手冊若無其事說著。聽他的語氣完全沒有放棄，只為了解決眼前的問題一步步前進。

遙不知所措的時候，宙右手的鉛筆忙碌遊走，在頁面追加「數值」。

想要的東西＝手套＝6000圓（1500圓／月）

「確認一下，去速食店的次數不能減少吧？」

「咦，嗯……所以一個月存一千五百圓根本不可能啦，畢竟我至今也自認很省了。」

「既然這樣，那就更省吧。」一如往常，宙以平淡語氣隨口這麼說。遙想回嘴，但是這番話很中肯，她只能沉默。

「我幫妳規畫真正的省錢方案吧。」

宙的雙眼釋放光輝，不知為何，遙卻覺得背脊竄過一陣惡寒。

「首先試著減少每次的開銷。妳說的速食店，是消防局前面的那間嗎？」

「嗯，沒錯……」

「一百八十圓的漢堡不是最便宜的漢堡吧？記得有一百二十圓的。」

「咦？你怎麼知道？」遙不禁大喊。宙搬到這座城鎮明明才一週左右……

「因為那間店是連鎖店。我之前住的城鎮也有分店。」

「你會去速食店？挺意外的……」遙睜大雙眼。她不認為如同書呆子範本的宙會吃速食解饞。不過既然他記得價目表，代表他其實相當愛吃？果然人不可貌相。

「嗯。雖然只去過幾次，不過像是價格、熱量或鹽分都寫在菜單上。我曾經一邊看菜單，一邊計算餐點搭配起來的各項『數值』合計是多少。」

果然不意外。宙在之前住的地方也一直是這個調調吧。遙想像宙在速食店餐桌打計算機，在筆記本寫入數值的樣子，不由得露出笑容。

「總之，今後要點一百二十圓的漢堡。」宙的這番話使遙回神看向筆記本。上頭不知何時寫下新的算式。

$3000-\{(120+100)\times 9\}$

一瞬間還以為和剛才的算式一樣，但是不一樣。漢堡價格從「180」變成「120」。這個算式的前提是點一百二十圓的漢堡，而不是點一百八十圓的。

「等一下，別擅自決定啦！我喜歡加荷包蛋的漢堡！」遙連忙插嘴。

「想吃荷包蛋的話，回家自己煎就好。」

宙完全不予理會。遙嘀咕抱怨著，他連看都不看一眼，以機械動作按計算機，在筆記本寫下解答。

3000－{(120＋100)×9}＝1020（圓）

「這樣也才一千零二十圓。距離目標還差四百八十圓。」

「哎呀？」遙不禁發出脫線的聲音。數字比想像的大得多。直到剛才都是「480」的解答，光是稍微修改算式就變成「1020」。也就是說，光是更換漢堡種類，每個月就可以存一千零二十圓。

雖然至今沒算過，但光是忍著不加蛋就差這麼多啊……遙感到佩服的同時，因沒察覺這種事的自己很丟臉而臉紅起來。

「嗯，還差四百八十圓啊……」

若是一個月能存一千零二十圓，即使花費的時間比預定多一點，最後還是買得到新手套吧？宙開口像是要趕走遙腦中這個想法：「社團活動結束之後應該會口渴，而且漢堡挺鹹的……這麼一來就一定要點飲料……」

看來少年完全不想在這種地方妥協。得完全解決眼前的問題，解除遙的「煩惱」，否則絕對不停止思考。明明不是什麼太嚴重的問題，明明解決也得不到任何好處，宙依然試著尋找最佳解答。

信念……

遙回想起宙剛才說的詞，嚥下一口口水。

「好，那就訂下只喝可樂的日子吧。」

「啊？」遙忽然走音，連忙咳了幾聲。宙如預料之中完全不在意，惆悵地助長痛心的感覺。

「立刻寫算式吧。只點可樂的次數設為x……」

「等一下，你又擅自決定……社團活動結束之後會餓，沒辦法只喝可樂啦！」

「為了手套忍著點，又不是每次都不吃。何況空著肚子回家，會覺得家裡的飯比較好吃喔。」宙每個論點都很中肯，沒有反駁的餘地。到頭來，遙即使反駁，他應該也不會聽。遙不得已含淚看著筆記本上快速進行的計算。

「一個月去速食店吃東西九次，每次都會點可樂，點漢堡的次數是『9－x』次……」

$3000-\{120\times(9-x)+100\times9\}\geqq1500$

$120x\geqq480$

$x\geqq4$（次／月）

「計算出來的解答是四。只要九次有四次忍著只喝可樂，每個月就可以存一千五百圓，四個月存到六千圓。」宙說完露出鬆了一口氣的表情，背靠椅子伸個大懶腰。這個動作給人「完成任務」的成就感，臉上洋溢的笑容如同幼童般耀眼。

真的解決了……遙由衷佩服。

她至今一直抱持「想要新手套」的念頭，卻沒有付諸行動。應該說她沒想過具體該怎麼執行。就只是隱約自認「正在省錢」，以為總有一天存得到而拖下去。悠哉也要有個限度才對。

不過，像這樣面對了具體數值，即使抗拒也非得付諸實行。忍著漢堡不加蛋很難受，想買新手套的夢想卻能逐漸成真。接下來的問題只有一個，就是散漫的遙是否能遵守「每個月有四次只點可樂」的規則……

「事不宜遲，下個月就實行計畫吧。六月共四個週二、五個週六。這樣的話，每週二只點可樂，週六加點最便宜的漢堡。」宙翻著手冊，先發制人地這麼說。他還細心到指定日期，這麼一來，即使是遙也沒問題。

遙的「煩惱」至此解決。

解決問題而放心的遙，不禁在意起時間而抬頭。看來聊了很久。黑板上方的時鐘顯示五點半。完全沒發現夕陽開始將沒有人的教室染成橙色。窗外依然傳來棒球社的聲音，不時響起「鏗」的清脆聲響。

「已經黃昏了。」宙看向窗外低語。大眼鏡覆蓋的臉在陽光的照耀之下，染上和教室相同的色彩，比最初看見時成熟了些。好神奇。

某處傳來烏鴉的叫聲。

遙以此為契機起身，掛著笑容朝仰望的宙開口：「謝謝你陪我到這麼晚。雖然剛開始半信半疑，但是幸好有找你商量。別說從下個月開始，我會從下次就試著實行。」

「嗯，祝妳買到好手套。」

宙依然坐著，面無表情地回應，將手伸向書桌角落的書。這麼說來，剛才搭話的時候，他也在看書。或許是習慣放學之後在這裡獨自看書。既然如此，打擾他不太好。

「那麼，明天見。」

遙說完，就走向教室後門。她原本打算直接離開教室，但是走到門邊時，像是突然想到某件事般停下腳步。

遙轉身說：

「今後要確實讓大家知道你在開什麼店才行，知道了嗎？」

宙不發一語，在橙色陽光中微微點頭。

問題二

試將操場二等分

「我昨天確實說過，要讓大家知道你在開什麼店……」

午休時間隨著第四堂課結束的鐘聲響起之後，遙微微顫抖地緩緩看向宙。從上課時一直專心看書的宙，發出「嗯？」的疑問聲抬起頭。

「但是能用的方法應該很多吧？」

遙語氣不禁變得粗魯，但她不得不這樣大喊。正在搬桌子要和朋友一起吃便當的學生，以及正要去福利社買麵包的學生，都咧嘴偷看兩人。

「啊，妳說這個？」宙詫異片刻之後低語，朝旗幟伸手。不是昨天掛的，是今天早上新設置的。以黑色粗體字寫上「解決您的煩惱」的白色旗幟。敞開的窗戶吹入微風，兩面旗幟迎風招展。

「這樣不是很好嗎？這樣大家就知道『數學屋』是煩惱諮商處了。」

「我不是這個意思！」遙悲痛大喊，伸直雙手趴在桌上，以右手指尖碰觸微風吹動的旗幟。

「為什麼是裝在我的桌子……」

第二面旗幟不是立在宙的桌腳，是遙的桌腳。而且不是鄰接宙桌子的那一側，是靠走道的另一側。

遙與宙夾在兩面旗幟之間，桌子和樂融融地並排。簡直像是兩人一起開店。

「這也沒辦法吧？我一開始也試過固定在空著的桌腳。」宙指著自己的桌子和遙的桌子的接面回應。

「可是這樣的話，風每次從窗戶吹進來，布就會擋住妳的視野。我不看黑板所以沒關係，但妳會很困擾吧？」

遙趴在桌上聆聽宙這番話。

看不見黑板確實很困擾。但是實際上，今天的受害程度更嚴重。感覺旁人的視線比昨天多一倍。無論在上課時或下課時，學生們都咧嘴看過來。第一堂與第二堂課的下課時間，聽得到別人說風涼話；第三堂國文課的時候，不知道從哪裡一塊指甲大的橡皮擦扔了過來。連老師們也在進入教室的瞬間露出苦笑，上課時還不時窺視這裡。

而且和昨天不同，目光不止是集中在宙。班上同學明顯也對遙投以同情或嘲笑的視線。

「糟透了……」遙下巴抵在桌面，斜眼瞪向宙。

「要是惹妳不高興，我道歉。」

宙像是要逃離遙的兇狠視線，眼神游移地回應。

「但妳想想，如果現在是『糟透了』，也就是幸福指數處於最小值，今後的幸福指數永遠會比現在高。」

遙再度趴在桌上。這傢伙沒救了……看來說什麼都無法溝通。

「……遙？還好嗎？」

遙聽到呼叫抬頭一看，真希站在桌子前面。她撥開隨風飄揚的旗幟以免被打到臉，低頭看著遙，眉角向下露出為難的表情，以溫柔語氣詢問。

「或許妳正在忙，但是得趕快吃便當才行，不然會沒時間啊？」

「對喔！」

遙迅速起身，從掛在桌子側邊的書包裡拉出便當袋。

遙所就讀國中的操場，位於校舍門口前方平台走下寬敞水泥階梯的位置。換句話說，從地基比較高的校舍俯視操場可以一覽無遺。在社團比賽或是運動會的時候，這條大階梯就作為觀眾席，如果空間不夠，也可以從校舍觀戰。如果沒辦運動會的話，這座操場沒什麼機會用來舉辦社團比賽。

第一個原因是太小，無法當成足球社或棒球社的正規比賽球場，因此比賽時得借用附近的綜合運動場。所需球場面積較小的壘球社，只在舉辦練習賽的時候使用，但其實右側長度不符合正式規格。

此外，操場形狀有點奇怪。不是長方形，而是梯形。鄰接校舍這邊沒有奇怪之處。操場邊緣和校舍平行，在校區盡頭轉直角。問題在於校舍的反方向，這一邊並非和校舍平行，是斜的。因此遙這所學校的操場從上空俯瞰是奇妙的梯形。

為什麼是這種形狀？聽說原因在於校舍另一邊的松樹林。學校成立當初，似乎因為土地所有權的問題和地主起爭執，但遙他們不知道詳情。形狀奇怪的這座小操場，由各社團輪流使用。班表設計得很公平，各社團也都沒什麼意見。

問題在於午休時間。不知道為什麼，遙這個學年的二年級學生，午休時間喜歡到操場玩。或許是該年級特有的習性。雖然不知道一年級與三年級的狀況，但總之二年級都想到戶外玩。

而且男生女生的交情很差。午休時間，男生想自己打棒球、女生想自己打壘球，絕對不會一起玩。雙方當然得平分操場打球，但這時候就產生問題了。由於操場形狀奇特，要是在正中央畫線，就會分成「較大」與「較小」兩個區域。

男生與女生都想儘量在大一點的地方打球，絲毫不想和樂融融輪流使用。經過激烈口角得出的結論非常簡單。

先搶先贏。

就這樣，爭奪「較大」操場的兩性競爭開始了。

昨天是男生比較快，今天是女生；還以為女生獲勝，但男生下次就還以顏色。開戰至今一個月，戰況平分秋色，愈演愈烈。

遙與真希一如往常，只花七分鐘吃便當。剩下的半個便當，在放學後社團活動前再吃就好。遙迅速收起便當，從書包取出沒過膝的五分褲，直接穿在裙子底下。

接著兩人迅速脫掉制服上衣，露出白色T恤，接著套上另一件T恤。遙的T恤是深藍色，左胸與右衣襬印上南國風格的白花；真希的T恤是淡灰色，黑與白的英文字在背部舞動。原本穿在制服底下的T恤也不是學校指定的運動服，完全是私人運動服。

兩人將雙手縮進重疊的兩件T恤裡面，從衣襬鑽入兩件T恤中間，只套進穿在外面的T恤袖子。這麼一來，原本穿的白色T恤就向上捲到新穿上的T恤領口，最後從頭部抽出來就好。

內衣完全不會走光，約一分鐘就換裝完畢。不用前往校舍角落的女更衣室，就換上適合運動的穿著。原本是真希不喜歡體育課和大家擠更衣室而開始這麼做，如今成為想在午休打壘球的女生必備的技能。只有這種方式能對抗男生目光，公然在教室換裝。多虧這種換裝方式普及，女生這幾天連勝。

遙與真希抓起手套衝出教室，任憑五分褲外面的裙子飛揚，一鼓作氣跑下樓抵達鞋櫃，迅速換穿運動鞋衝出校舍門口。兩人穿越平台時轉身一看，校舍門簷的圓形時鐘指著十二點二十分。

午休開始至今剛好十分鐘。今天也很準時。兩人意氣風發地跑下通往操場的寬廣大階梯。

然而兩人走下階梯，踏上操場特有的淡色沙地時，忽然停下腳步。一般來說在這個時間，湊巧比較早下課的班級會有五、六人分成男女兩邊，一邊聊天一邊等待朋友抵達，理應還要五分鐘才能大致到齊。

然而，今天的狀況不一樣。約二十個男學生已經聚集在操場。他們帶著手套或球棒，身穿T恤加黑色學生褲，咧嘴朝遙與真希投以挖苦的笑容。

「為什麼……？居然已經全部到齊……」

遙過於困惑而佇立不動，旁邊的真希呻吟般這麼說。

先到的三個女學生，察覺聲音轉過身來。她們和遙與真希一樣身穿T恤，裙子底下是五分褲。

「啊，真希！」

先到的女生之中，綁馬尾的葵小跑步過來。雖然不同班，但她同樣加入壘球社，所以和遙與真希交情很好。嬌小給人活潑印象的她被當成小動物，很受男生歡迎。不僅如此，還穩穩擄獲高年級男友的心，是人生勝利組。

「葵，為什麼男生都到了？」真希不等葵停下腳步就詢問。

「不知道……我也剛到。」葵歪著腦袋，露出為難表情。這個動作令人心情瞬間平靜，但這不是現在該關心的事。

遙從階梯下方仰望校舍門上的時鐘。午休開始至今才十分鐘。不對勁。這怎麼想都不對勁。

「妳們真慢啊。」扛著球棒的三分頭少年向前一步，以冰冷語氣說道。他是棒球社的翔，算是男生組的領導者，囂張的態度莫名引人反感。遙不擅長應付這種人。

「較大的場地今天歸我們用。」

「慢著，翔，你們再怎麼樣也太快了吧！」真希逼問露出取勝微笑的三分頭。

「為什麼……？難道你們第四堂都提早下課？」

「不，猜錯了。」

翔暗藏玄機般哼笑。周圍看起來笨笨的男生們也跟著笑。

「總之，今天我們贏了。如果有意見，明天比我們早到吧。」翔放話這麼說。幾個男生如同以這句話為暗號，走向較大的場地。看來男生們確實全部到齊，完全是女生敗北。這個事實無法改變，今天只能忍著使用較小的場地了。

不過，他們這麼快就全部集合完畢，果然不對勁。

究竟是怎麼做的……？

「明天好好努力吧。不過，要是妳們到午休時間才慢吞吞打開便當，結果應該一樣吧。」翔轉身踏出腳步這麼說。

微微低頭的真希聽到他的話猛然抬頭，拉開嗓門批判翔。

「奸詐，你們所有人都提前吃便當對吧！」

遙總算理出頭緒。進入午休時間之後，所有人開始吃便當，全吃完再來集合。這個前提本身就是錯的。仔細想想是理所當然，沒必要這麼守規矩。要是在第三堂下課時間先吃便當，就可以在第四堂課結束的同時來到操場。

講得死板一點，這完全違反校規。遙她們也是在社團活動開始之前吃掉剩下的便當，但始終是放學後才吃。校規確實禁止在午休以外的時間吃便當。

不過，大部分的校規都是「只要沒抓到」就網開一面。學校就是這種作風。提早吃便當也不例外。

「既然妳們這麼想用這邊的場地，學我們提早吃便當就好吧？」

「怎麼這樣……」

真希顯露不滿，翔轉頭以平靜語氣回嘴，快步離開。這種說法過於獨斷，但真希與遙無法反駁離開的翔。

女生們原本就不是每天都吃光便當再來到操場。例如遙與真希就決定「就算便當沒吃完，也一定要在七分鐘內搞定」。其他女生肯定也大同小異。是的，原本就沒有「午休時間一定要吃完便當才能來操場」的規定。說穿了，女生至今使用「只吃一半」的祕計，男生只不過以「提早吃」來反擊。要說這樣「奸詐」也不合情理。

即使這麼說，女生也無法像他們一樣。

「先搶先贏」的規則，適用於男生或女生其中一邊「所有人」到齊的狀況。換句話說，如果要提早吃便當，必須「所有人」一起做才有意義。先不提那些不管校規的男生，某些女生行事謹慎，應該不敢瞞著老師提早吃便當。

以翔的個性，或許是理解到女生的想法，才使用這種手段。

遙她們只能默默注視男生小跑步離去的背影。

「今天宙害我被嘲笑，比較大的場地又被男生搶走，好慘。」

「但後者不是我的錯……」看書的宙抬頭聳肩，微微突出下唇，擺出不太服氣的表情。

沒錯。操場那件事只是遷怒。

遙尷尬撇過頭去，在沾上汗水的深藍色T恤外面加穿白色T恤，將雙手縮進衣服，以相同步驟脫掉裡面的T恤。

「總之，這面旗子害我也被消遣！拿掉啦！」

遙刻意以旁人也聽得見的音量大喊。藉以強調自己和宙不同國。學生幾乎都在教室裡，幸好午休即將結束。他們大多被遙的聲音嚇到，轉身看向靠窗後側座位。

不過，映入眾人眼簾的是站著將手臂縮進T恤亂動，大喊「拿掉啦！」的遙，以及以鉛筆扶正眼鏡，面有難色的宙。不知情的人看見這一幕，或許會解釋成某種危險的光景。先換好衣服的真希則是在教室中央處露出苦笑。

「唔～但我覺得這樣很不錯，遠遠看也一目了然……」宙碰觸固定在遙桌腳的旗幟，遺憾地低語。兩面旗幟正隨著窗外吹入的風飄揚著。

「既然妳這麼說，那也沒辦法了。雖然比較看不清楚，我還是將兩面旗子都綁在窗邊吧。」

咦？他意外地聽話。感覺有點掃興的遙，從頭部抽出運動服，脫掉裙子底下的五分褲。上課鐘聲剛好在此時響起，所以她穿上制服上衣就座。

飄揚的旗幟拂過臉頰。遙一邊扣好上衣一邊嘆氣。

「快拆掉啦。」

「嗯，我放學就拆。」

宙將視線移回打開的書，如同呢喃般回應。他真的明白嗎……遙覺得不太能信任。此時，戴眼鏡的少年像是想到什麼般抬頭，稍微歪過腦袋詢問。

「對了，學校的圖書館在哪裡？這本快看完了，我想找新的書。」

「圖書館？在一樓最邊邊……」這個問題很唐突，遙略感驚訝地回應。「出教室往左邊階梯下樓，一年級教室的方向。」

「原來如此，想說至今沒看過，原來在另一邊。」宙說到一半，木下老師開門進來，這堂是英文課。

「不過，不一定有你會看的書喔。你總是看數學書吧？」

遙壓低音量叮嚀，但宙似乎不太在意。

「每一所學校，大致都會收藏一些稍微艱深的書。」

宙將視線移回書上說道。遙也跟著將視線落在書上，發現所剩頁數確實不多。

「而且，應該會收藏一些這裡才有的書。」

這裡才有的書？遙想繼續問下去，卻被木下老師活潑的「Good afternoon, everyone!」打斷而錯失機會。

下午上課時，遙也和上午一樣，因為旗幟而持續招致周圍好奇的目光。今天在各方面都好慘。

鏗！

清脆的金屬聲響遍清新的空氣。遙仰望上方奔跑，穿過藍天正中央的小白點逐漸變大。遙正對飛來的球，將手套迅速舉在頭上。

啪！

球響起悅耳的聲音，如同吸入般收進手套。遙間不容髮以右手重新握好球，看向靠校舍一角的本壘板，捕手學姊起身朝這邊揮手。

防守內野的葵，迅速移動到遙與學姊正中央的位置。球將透過葵傳回本壘。遙確認三人相對位置之後扭身蓄力，然後一鼓作氣揮動右手。

離開指尖的白球，如同出弦之箭飛走，然後……

「……咦？」遙以目光追蹤球的去向，發出脫線的聲音。

球朝著葵的斜上方，從手套絕對搆不到的位置穿越，筆直飛向無人的界外，撞到操場旁邊的大階梯之後猛然彈跳。

葵與捕手學姊無奈地注視球的去向。

「啊啊！對不起！」

遙以泫然欲泣的聲音大喊。顧問老師木下也拿著球棒不發一語，只是苦笑……

「只是練習，別這麼在意啦。」真希以毫無心機的爽朗笑容安慰。

「任何人都可能失敗喔。」

「或許吧……但是那個暴傳太慘了……」無精打采前進的遙嘆息回應。她心情過度消沉，真希終究也沒多說什麼，真希旁邊的葵則是露出為難笑容，微微歪過腦袋。

從學校通往車站的田間道路兩側是以凹凸界線分隔的遼闊農田。穿過無數葉子重疊的馬鈴薯田，就來到剛發芽的玉米田。一如往常，這是結束社團活動後的回家路線。

壘球社的二年級學生總是五、六人一組回家。大家都想跟著真希回家，自然就走在一起，大家聞著隨風而來的土壤氣息緩緩前進。

「呼～今天也好累。」

真希一邊走，一邊將雙臂往正上方伸直低語。明明說「累了」，表情卻很開朗。短髮之間隱約冒出汗珠，在西斜陽光照射之下閃閃發亮。她明明沒有女孩魅力，但是所有動作都很上相，令人羨慕至極。而且，每個人都會找她說話。對話的中心總是真希。

「木下老師的訓練計畫相當殘忍，對吧？」

「沒錯沒錯，明明平常的表情那麼溫柔……」

「對了。真希當隊長之後，拜託老師減少訓練分量吧。」

「唔～要這麼做嗎～或許反而更累喔。」

大家的笑聲迴盪於天際。梅雨季節前的天空，淡淡的捲雲遍布各處，微灰的白色不久就會化為晚霞的橙色吧。不過距離太陽完全下山還有一段時間。

「那麼，今天也去吃點東西吧。」

「贊成！」

葵裝模作樣舉手附和真希的提議。笑聲再度響遍四周。朝著車站方向走到盡頭，就是常去的那間速食店。今天是週二，每週慣例繞路聚餐的日子。壘球社員們眼睛閃閃發亮，以輕快的腳步前進。遙也一起莫名地感到興奮。

但是在這個時候，遙腦中浮現獨自坐在桌前看書、戴著黑框眼鏡的少年。同時回想起宙昨天說的省錢計畫。

每個月必須只有四次能點可樂。

啊啊，對喔。週二是不吃漢堡的日子。遙瞞著眾人輕輕嘆氣。一陣稍微強的風吹過田野，沙沙作響。

隔天，男生組和前一天一樣提早吃便當，但男生與女生幾乎在同一時間全員到齊。雙方的最後一人並肩衝下階梯，因此無法判斷哪邊比較快。男生與女生在大階梯前面並排對峙。

「不錯嘛。」翔走到互瞪的男女雙方中間這麼說。

「妳們也提早吃便當？」

「我們不可能做那種事。」

真希立刻否定，翔微微揚起眉角露出意外表情。現在時間是十二點十三分，午休時間開始至今才三分鐘。如果正常吃便當，不可能這麼早就來到操場。也就是說……

「我看妳們一口都沒吃吧？」

沒人回應，卻也沒人否認。實際上，翔的推測是對的。女生們事先說好，不吃便當就來到操場。遙平常午休時間就只吃半個便當，假如完全沒吃也不會覺得很餓。不過沒想到所有人都贊成這個計畫。遙再度確認真希的聲望有多高。

「這下子怎麼辦啊……」翔搔了搔三分頭，自言自語般輕聲說著。

「就剛才看來，兩邊幾乎同時到齊。這樣無法決定哪一邊勝利。」

「是啊……」真希也輕聲這麼說。與其說是回應，更像是在自行確認。男生與女生排成兩個長方形互瞪。表面上只間隔短短數公尺，遙卻覺得中間是一道無盡延伸的巨大裂痕。

沉重的時間緩慢流逝。沒人說話，只有某種東西像是沙漏裡的沙，每分每秒持續累積。緊繃的空氣逐漸凝重，遙不知道重量達到極限會發生什麼事。但她只覺得事態不會朝正面方向進展。

啊啊，為什麼？遙呼吸沉重的空氣，心不在焉心想。

為什麼會變成這樣？

沒有別的方法嗎……遙就這樣逐漸沉入明知沒有意義的思緒，愈沉愈深。

就在這個時候……

「各位在煩惱嗎？」

階梯那邊突然傳來一個聲音，毫無脈絡可循。緊繃的空氣冷不防地瞬間瓦解。互瞪的學生們同時轉身看向階梯。究竟是誰？居然在這種時候不識相地搭話……

此時，一片空白覆蓋遙的思緒。明明籠罩著五月的暑氣，這名闖入者卻規矩扣上制服外套的領鉤釦，戴著大大的黑框眼鏡。個頭矮小，頭髮整齊剪短，左肩不知為何背著藍色書包。

少年面不改色地說：「或許我幫得上忙喔。」

站在那裡的是熱愛數學的少年——宙。

「宙，你來做什麼……？」

「完全沒客人上門，所以我出來跑業務。」

跑業務？遙總算發得出聲音，卻還沒掌握現狀。因為在午休時間，宙總是待在教室看書。不對，不止是午休，就遙所知，這個少年肯定整天都坐在桌子前面勤於看書。為什麼偏偏只在今天來到操場？

「阻止紛爭也是數學家的職責。」宙補充這句莫名其妙的話語之後環視四周。

男生與女生都困惑地注視他。

「這傢伙是誰？」

「我們班上的男生……」

「是喔……」翔不太感興趣地移開目光，完全不予理會。

不過換個角度來想，這樣剛好。只要在鬧出麻煩事之前巧妙打發……遙走向宙，輕聲細語勸說。

「不好意思，請離開吧。要是你插手，事情會變得更複雜。」

「這倒不會。」

宙完全沒揣測遙的想法，若無其事地低語，然後面不改色前進，就這麼走到對峙的男女雙方正中間。遙覺得頭好痛。

「換句話說，你們每天都搶著使用比較大的場地吧？」

宙環視周圍，視線最後和遙相對。看來只是做個確認，但遙語塞沒回應。原本以為宙每天只待在教室看書，但他其實將狀況掌握得很清楚……光是這樣就超乎遙的預料。她沉默了片刻。

「啊啊，對喔。」宙大概是察覺遙的困惑，輕聲說出這句話，以極為平靜的語氣解釋。

「妳想想，妳昨天不是說過嗎？比較大的場地被男生搶走。而且我的座位靠窗，從那裡觀察操場就大致猜得出端倪。」

宙說著以右手筆直伸向斜上方指著校舍。順著一看，他指著校舍二樓正中央的位置。門口正上方剛好是二年B班。原來如此，從那裡就能正面觀察操場。雖然聲音終究傳不到，但應該可以得知大致的情形。

他出乎意料會在意周圍的事情耶。遙不知為何莫名佩服起來。感覺隱約看見白色旗幟在打開的窗戶另一側飄揚。

「換個想法吧。」

遙回過神來，將視線從校舍移回宙。宙剛才指著二樓教室的手指，不知何時變成直指天際般高舉。記得好像在照片看過某座銅像擺這個姿勢，遙心不在焉地思考這種事。

「只要精確將操場面積二等分，你們就不用爭執了。」

「咦？」

宙面無表情的宣言，使得所有人驚叫出聲，面面相覷。男生與女生，合計約四十人議論紛紛。

「可能嗎？」

「嗯。」

真希代表眾人詢問，宙毫無停頓就直接回應。

和上次一樣。如同拜託「借一下鉛筆」這種等級，宙宣稱並非難事般斷言。

「沒問題。而且只要從這間校舍畫一條垂直的直線，就可以正確地二等分。」

宙流利回答之後併攏左手指，如同蓋住操場般伸直。直指天際的右手也好、蓋住操場的左手也罷，這姿勢似曾相識，但不確定他是否是故意的。

突然的宣言以及裝模作樣的姿勢，眾人目瞪口呆。不過某人突然噗哧笑出聲，大家就一起笑了出來。

「喂喂喂，這傢伙就是那個轉學生喔。」

「真的耶，是那個宣稱『用數學拯救世界』的怪胎吧？」

「這裡沒你的事啦。」

笑聲之中傳出無心之言，主要來自男生。宙放下手，沒逃走也沒回嘴，只是默默站在原地。

「等……等一下！」遙看不下去，走到眾人面前。

「這個傢伙雖然古怪，卻很聰明。或許他想到某個好點子……」

遙拉開嗓門拚命呼籲，卻無法平息騷動。如同水往低處流、空氣往稀處散，累積至今的負面情緒，持續流向場中最弱、最好責備的對象。不行，我阻止不了……明明宙難得可能帶來好點子……遙懊悔地咬著嘴唇。

「慢著，你們聽一下啦。」

此時，真希走到自顧自地哇哇大喊的男生前方。

「繼續吵也沒辦法解決任何問題吧？既然這樣，先聽聽他怎麼說吧。」

真希第一次說完，話語消失在吵鬧聲中，不曉得男生們是否聽見。她不太在意，再度平靜地訴說一次，這次前排的數人察覺她說話而閉口。接著第三次，閉口的人數稍微增加。第四次、第五次……

在反覆述說的過程中，笑聲與叫罵聲愈來愈小。某些人嘁嘴嘀咕「沒辦法了」或是「既然真希這麼說……」，喧鬧逐漸平息，如同氣球被針戳出小洞靜靜地漏氣。

真希就具備這種特質。不受周圍影響，具備明確的自我。不是不懂得察言觀色，而是能主導整體氣氛。正因為她是這樣的人，所以不論男女都對她另眼相看，社團也選她擔任下屆隊長。這個好友令遙稍微挺胸引以為傲。

「究竟要怎麼做？」

接著發言的是翔。他似乎不是針對誰提問，但眾人視線自然集中在宙身上。連真希也在觀察宙的反應。宙毫不在意受到注目，不改平淡的表情，從制服外套胸前口袋取出鉛筆扶正眼鏡。

「該怎麼做？接下來就要用計算來解決。」

宙看著鉛筆思考一陣子，就將鉛筆收回胸前口袋。他轉頭環視，背著書包突然跑向大階梯。

他究竟要做什麼？眾人既期待又不安地注視宙的去向，發現他蹲在階梯旁邊撿起某個東西，立刻掉頭走回來。

「我不用筆記本，改成在地上一邊畫一邊說明吧，這樣大家比較好懂。」宙拿著樹枝，再度來到男生與女生中間這麼說。看來他只是想找個東西代替鉛筆。樹枝約拇指粗，約全新鉛筆的兩倍長，剛好是畫筆大小，適合拿來書寫。

宙當場蹲下，以剛撿來的樹枝在操場地面畫起某個東西。淡色的土地被畫開，露出底下的褐色土壤。褐色的線條轉幾個彎之後，終於成為四方形。大約是學校書桌桌面大小，卻不是長方形，感覺更細長，只有一邊是斜的。真要說的話是梯形。

「這是……」

某人戰戰兢兢地開口。其他人似乎也察覺了。如同漣漪的騷動聲籠罩四周。遙當然也察覺了。

這是遙中學的操場形狀，大家現在所在的地方。

「嗯，畫得挺不錯的。」宙起身俯視自己畫的梯形說完，放鬆嘴角滿意地點頭。周圍的學生們不知何時圍成圓圈，半徑約三公尺，重疊數層的環狀人牆。宙站在中央，遙在他的正前方。沒有風，乾燥的操場不像平常塵土飛揚。宙不受任何干擾，拿著樹枝看向地面。

「然後，像這樣畫一條線，將梯形二等分。」

宙在梯形底部與上緣的線中間加畫一條直線。筆直的線將梯形切成兩個梯形。

「這是操場的縮圖。先以縮圖尺寸思考，再將真正的操場二等分吧。」宙說著以樹枝在梯形內部畫圓。「看，我們就在這個區域。」正中央直線與外框垂直相交的位置，浮現一個小小的圓。對照操場肯定是大階梯前方的區域。遙想像大約四十個小人聚集在這裡。位於迷你縮圖操場上的迷你學生。

「喂喂，光是在地面畫圖沒辦法解決啊？」

「嗯，首先得收集必要的『數值』。」

翔刻意以球棒輕敲自己肩膀，但宙似乎不以為意。他再度蹲在縮圖操場前面，以樹枝流暢畫上某些東西。

在梯形邊角寫下「A」、「B」兩個字，接著在中央位置，剛才所畫的圓形外側寫下「M」。

「我幫每個點命名了。縮圖的ＡＢ邊對應實際的操場，是靠近校舍與階梯的這一邊。中間的Ｍ點是二等分線的起點。Ｍ點在ＡＢ邊上。」如宙所說，三個點以Ａ、Ｍ、Ｂ的順序一直線並排。明明是「Ａ」、「Ｂ」的順序，下一個點為什麼不是「Ｃ」而是「Ｍ」？遙不曉得。不過其中肯定隱藏宙自己的理由吧。

遙決定不多想，專心聆聽宙的說明。要是沒仔細聽，或許聽到一半就會混亂。宙開始說明：「二等分線將會和ＡＢ邊垂直，以Ｍ點為起點。也就是說，知道Ｍ點的位置就畫得出二等分線吧？」知道Ｍ點的位置，就畫得出二等分線。遙在內心複誦宙這番話，以自己的方式消化吸收之後緩緩點頭。宙如同等待這個反應已久，繼續說下去。

「找出位置的必要『數值』，我想想……需要這個、這個與這個，還有這個吧。」

上底

下底

$\overline{AB}$

$\overline{AM}:\overline{AB}$

地面寫下四行字。必要的「數值」。遙從上方緩緩依序檢視。

「哪邊是上底或下底並不重要……不過總覺得短邊像是上底、長邊像是下底吧？所以縮圖上裡，把A點這邊設為上底、B點這邊設為下底吧。」

上底與下底。遙也知道這個簡單的原理。若是依照名稱將梯形當成「梯狀物體」，踏腳處就是上底，接地處是下底。既然要支撐上方的重量，下底寬一點確實比較穩。

不過，上底與下底的長度，究竟要怎麼測量？

「雖然說得簡單，不過能測量幾十公尺的捲尺，體育倉庫才有。那邊的器材規定只能用在上課或社團活動……」

真希代為提出遙正要說的事情。一點都沒錯。這裡即使再小，終究是操場，無法像是量身高一樣輕鬆測量長度。用在體育課或社團活動的大型捲尺禁止擅自拿來私用。

「不需要那麼長的捲尺。」但是宙很乾脆地這麼說。他無視於困惑的真希，將樹枝扔到腳邊，在左肩所背的書包翻找。

「這個……跟這個。」

隨著這句話從書包取出的，是捲成圓形如同年輪蛋糕的捲尺，以及一本大開本的書。書的封面以航空照片為背景，大大印上書名《我們的城鎮》。

我也有那個捲尺。遙看著宙手中的物品心想。記得是家政課要用，規定所有人都要買的東西。那本書似乎也在哪裡見過……

「用這兩個東西就能算出『數值』。」

「咦？」

宙這句話過於出乎預料，遙不禁尖叫一聲。她臉紅迅速環視四周。不過，看來她沒必要特別擔心。因為眾人不是張著嘴就是轉頭相視，完全不在意遙的聲音。

「等一下。那個捲尺是家政課的吧？」真希代替所有人提問。

「嗯，沒錯。」

「既然這樣，記得肯定只能量兩公尺吧？居然要用這種東西量操場……」

「沒問題。因為我要量的是這個。」

宙說著翻開和捲尺一起取出的《我們的城鎮》，翻到中間某頁時高舉打開，方便所有人觀看。大家圍成的圈圈變小，位於宙正前方看得最清楚的遙，被推得差點往前撲倒。

大家都從人牆縫隙看向書頁。遙也踩穩腳步對抗後方的壓力，定睛注視打開的書本。打開的頁面是地圖。雖然這麼說，卻不是導覽手冊那種色彩繽紛方便檢視的地圖，是畫滿地圖符號與等高線、難以解讀的黑白地圖，俗稱的「地形圖」。

國一上課時教過好幾次，但遙不太清楚上面畫些什麼。記得自己考試好幾次都記錯「桑樹園」的地圖符號。

這張地形圖怎麼了？乍看之下沒什麼奇怪的地方……

「咦？這是我們國中？」

發問的是綁馬尾的葵。她從人牆探出頭，從宙側邊檢視地圖。各處傳來「真的耶」的話語。

「嗯。ㄇ字形是校舍，這邊的梯形是我們所在的操場。」

確實。聽他這麼說就發現，右側頁面下方的地圖，無疑是遙的學校。ㄇ字形校舍內側，以代表中小學的「文」符號標示，下方印上「東大磯中學」幾個小字。左側頁面標記得亂七八糟的地圖符號，是耕地與果園的符號。位於常去速食店附近的消防局，在左頁上緣被切得剩下一半。

「可是，為什麼我們中學的版面這麼大？」遙內心的疑問脫口而出。

「因為這本《我們的城鎮》是大磯鎮發行的冊子。」

「你為什麼有這本書？」

「這是圖書館的書，我想用得到，所以昨天去借了。」宙有些得意地回應。

原來如此，圖書館啊……遙總算想起對這本書有印象的原因。國中圖書館或是市立圖書館都在門口正面顯眼處擺放好幾本。記得是鎮公所希望「讓孩子們更熟悉大磯鎮」而製作的，記得書裡就是現在翻開的這張地形圖，以及農家或商店的照片。不過遙沒看過別人真的拿起來閱讀……

「那麼，神之內昨天就在解決這個問題？」真希在遙身後佩服般低語。確實得這樣解釋。不可能有其他狀況需要用到操場地圖。其實宙只依照窗邊看到的狀況，以及昨天和遙的些許交談就開始行動。這個少年究竟……

「叫我『宙』就好。『神之內』太長了，應該不好叫。」

相對的，宙回以完全離題的話語。真希苦笑看向遙，看似以眼神示意「早知道不該佩服」。遙也有同感。

「那麼，事不宜遲立刻測量吧。看，既然是拿這張地形圖測量，用家政課的捲尺就夠吧？」

宙說著拉開捲尺，俐落抵在單手扶住的書上。

「上底四點五公分、下底六公分……然後AB是七公分啊……」

「不過，地圖長度和實際長度不一樣吧？」

「嗯，問得好。」宙抬頭看遙，嘴角稍微放鬆。這張笑容顯示他等這個問題等很久了。

「這張地圖是一種縮圖。只要知道實際的縮小比例，就可以換算實際長度。」

宙將捲尺放回肩背的書包，指著開啟頁面的一角。

1：1000

「這是『相似比』。啊，不過地理術語叫做『比例尺』。解數學問題時，像這樣和其他學問合作也很重要。」

「比例尺」……啊啊，記得大概在去年上過……

「這張地圖與實際面積的『比例尺』，如同這裡寫的是『比例尺1:1000』。換句話說，地圖上的一公分是實際的一千公分；一千公分是十公尺。」

宙流利地解說之後，闔起《我們的城鎮》迅速收進書包，撿起樹枝在地面寫起算式。縮得擁擠的環狀人牆像是要空出空間般擴大，遙也總算擺脫背後的壓力。她鬆一口氣，看向完成的算式。

上底=4.5cm×1000=4500cm=45m

下底=6cm×1000=6000cm=60m

$\overline{AB}$=7cm×1000=7000cm=70m

$\overline{AM}:\overline{MB}=n:1-n$

英數文字工整到恐怖，漢字卻莫名圓滾滾。和宙上次寫在筆記本的字一樣。

「上底四十五公尺、下底六十公尺，到這裡我都懂。但這個『$\overline{AM}:\overline{MB}=n:1-n$』是什麼？」

真希在宙停止書寫時詢問，大概是拚命要跟上步調吧。她皺眉凝視地上的算式。

「如果要決定M的位置，分成和A的距離以及和B的距離就好，也就是AM與MB的長度。」宙以樹枝扶正眼鏡回答。看來不一定要以鉛筆推眼鏡。

「而且，接下來要使用的『公式』，需要的不是長度本身，是比例。所以才將AM與MB的比例設為『n:1−n』。雖然也可以設為『x:y』，但一個代數比兩個好計算。」

「公式？」

「嗯。」

宙點頭看向遙，喘口氣之後在地面寫算式。

$$r=(1-n)p+nq$$

「這是梯形的『加權平均公式』。」

加權平均？這貨真價實是遙第一次聽到的詞。

「梯形肯定有兩邊平行對吧？也就是上底與下底。這是用來在上底與下底之間多畫一條平行線的公式。剛好就是這次的狀況。」

宙低頭看著腳邊的操場縮圖，以樹枝依序指向平行的三條線。上底與下底，以及中央將操場二等分的線。

「我剛才提到『n』與『1−n』吧？這是ＡＭ與ＭＢ的長度比。然後Ｐ是上底長度、q是下底長度。最後，r顯示的數值是……」

「中央那條線的長度？」

「嗯，沒錯。」

宙揚起眉角，露出頗感意外的表情。因為插話的是翔。

原本以為他是最不肯聽說明的人……遙斜眼偷看翔。他在宙斜後方扛著球棒，朝地面投以犀利視線。他意外具備正經的一面？還是覺得聽不懂很遜？光看表情無法辨別。

「可是到頭來，『n:1－n』是從哪裡冒出來的？」

旁邊傳來銀鈴般的聲音。遙轉身一看，是葵。她像是無法接受般噘嘴質詢宙。

「我知道只用一個代數比較好計算，但為什麼要刻意設成『n:1－n』？不能更簡單設成『1:n』嗎？」

葵小小的耳尖染成淡桃紅色。她情緒激動或用腦過度時，可愛的耳朵就會發紅。她原本功課就不太好，或許因為大腦全速運轉而即將達到極限。不過，遙也沒資格說別人就是了。

宙從眼鏡後方注視葵烏溜溜的雙眼。他那看不出情感的視線，使得葵稍微畏縮。沉重的沉默降臨。該不會問了什麼不妙的問題吧？葵維持微微後仰的姿勢僵住，其他學生們的視線，自然集中在如同戴面具面無表情的宙。

然而，宙打破尷尬沉默說出的話語，完全超乎預料。

「試著想像長一公尺的蛋糕捲吧。」

「啊？」

「蛋糕捲。那種細長又軟綿綿的蛋糕。很好吃吧？」

慢著，在場所有人當然知道蛋糕捲是什麼東西。大家呆呆張嘴的意思是這樣的：為什麼這時候提到蛋糕捲？

宙絲毫不在意眾人的困惑說下去。

「假設太郎與次郎要分食這條蛋糕捲。弟弟次郎負責切。太郎是哥哥，即使兩塊蛋糕大小不同也不在意。這麼一來，問題就是要從哪裡切。」

「等一下，這究竟是什麼話題？」

「啊？『n:1－n』的話題啊？」

遙忍不住打斷話題，宙瞪大眼睛回答，一副「妳問這什麼理所當然的事？」的表情。這傢伙講話總是唐突過頭……遙放棄追究宙的思考邏輯，默默想像蛋糕捲的題目。

「太郎蛋糕的大小，會決定次郎蛋糕的大小，各位懂吧？如果太郎的份是零點一公尺，次郎的份就是零點九公尺；如果太郎的份是零點二公尺，次郎的份就是零點八公尺……」

在遙的腦中，就讀小學的男生勤快地切蛋糕捲。鮮奶油不時從黃色的海綿蛋糕掉落。話說回來，居然用一公尺的蛋糕捲形容。雖然不是絕對，但遙不會只由兩人分食。如果是我，就會拿到壘球社分給大家……

遙想到這裡，將脫軌的思緒修正回來。危險危險，要是不專心會跟不上。

「……如果太郎是零點五公尺，次郎也是零點五公尺。同樣的，如果太郎的蛋糕長度是『n 公尺』，次郎的蛋糕長度就是『1－n 公尺』吧？而且這時候的蛋糕長度比例當然是『n:1－n』。」

出現了。遙在心中低語。悄悄朝葵一瞥，她似乎因為話題總算接上而放心，放鬆肩膀嘆氣。

「這樣想就知道，無論次郎怎麼切蛋糕捲，長度比例都能以『n:1－n』表示。例如『0.4:0.6』或是『0.3:0.7』。」宙稍微愈說愈快。遙注視戴眼鏡少年的嘴角。她不經意覺得這樣比較能專心聽。

「不過，如果用『1:n』來表示會很辛苦吧？『0.4:0.6』可以用『1:1.5』表示，但『0.3:0.7』怎麼辦？因為除不盡，就會用『$1:\frac{7}{3}$』表示吧。那麼『0.21:0.79』呢？『$1:\frac{79}{21}$』。這樣就搞不懂比例大致是多少了。」

$$0.4:0.6=1:1.5$$

$$0.3:0.7=1:\frac{7}{3}$$

$$0.21:0.79=1:\frac{79}{21}$$

宙的手以旋風般的速度寫下算式。宙說得沒錯，看不太懂右側算式在寫什麼。

「像這樣將蛋糕捲這種長長的東西切成兩段時，以『n:1－n』表示比較方便。畢竟任何比例都能這樣表示，最重要的是淺顯易懂。」

「原來如此啊。」

葵一副宣洩胸口鬱悶的愉快表情，誇張地反覆點頭，馬尾像是尾巴般搖晃。遙也如同清掉齒縫的異物，感覺莫名舒暢。所以她以為大家都一樣，認為這裡的四十個學生都專心聽宙說話並深感佩服。

「好啦，既然疑問已經解決，終於要著手計算了。首先將剛才測量的『上底』與『下底』長度帶入『加權平均公式』。」

宙在寫下這條公式的位置以樹枝輕敲，然後在下方加寫三條算式。他的書寫動作一如往常地流暢，直到計算完畢都沒有停頓，持續如同節拍器精準寫下文字。

$$r=(1-n)p+nq$$

二等分線 $=(1-n)\times$ 上底 $+n\times$ 下底

$$=(1-n)\times 45+n\times 60$$

$$=15n+45$$（公尺）

「你們知道梯形面積公式是『（上底＋下底）×高÷2』吧？」宙停止書寫動作詢問四周，確認困惑的大家點頭之後，繼續說下去。

「操場以中央的二等分線，分成上下兩個梯形。上面的梯形以二等分線為『下底』、下面的梯形以同一條線為『上底』。」宙讓樹枝沿著地面的操場縮圖邊框移動。上方梯形與下方梯形各一次。褐色的線稍微變粗。

「已經知道中央的二等分線長度是『15n+45』。使用『（上底＋下底）×高÷2』的公式，『上面』梯形與『下面』梯形的面積就變成這樣。」

上 $=\{45+(15n+45)\}\times AM\div 2$

下 $=\{(15n+45)+60\}\times MB\div 2$

「好，要結束了。再來只需要利用『上面』與『下面』面積相等的條件建立方程式。」

上＝下

$$\{45+(15n+45)\}\times AM\div 2=\{(15n+45)+60\}\times MB\div 2$$

「在這時候加入剛才的『AM:MB＝n:1－n』再計算就是……」

隨著宙的話語，算式以驚人速度在地面編織，他的手與嘴簡直像是不同世界的生物。隨著算式變長，宙一邊寫一邊退後，圍成圓圈的人牆也配合加大，逐漸變成扭曲的蛋形。最後，算式終於完成。

$$2n^2+12n-7=0$$

好厲害……遙在口中低語，以免其他人聽到。

「$\{45+(15n+45)\}\times AM\div 2=\{(15n+45)+60\}\times MB\div 2$」這個超長的算式，縮減為「$2n^2+12n-7=0$」這段算式。使用的英文字母只有「n」。遙不知道如何解開這個方

程式，卻隱約感覺終點將近，心跳稍微加快，臉頰泛紅。

宙以指尖擦拭額頭微微浮現的汗水休息片刻。遙默默等待他的下一個動作。但是……

「真的對嗎？」

某個男生輕聲這麼說。或許沒有特別的含意，只是單純將疑問說出口。不過卻足以成為導火線。好不容易維持至今的沉默被打破，壓抑至今的疑問一鼓作氣爆發。

真的啦。這樣對嗎？只是隨便說說吧？何況講了這麼久。

花太多時間了。午休都要結束了，真是莫名其妙。所以我才說不想依賴這種傢伙。批判的聲音從成為蛋形的人牆外側，接連如同射箭般投向中央。靶子當然是宙。你一言我一語吵吵鬧鬧的，是至今不發一語的人們。真希與葵為難地環視四周。遙察覺自己誤會了。大家保持沉默，並不是因為聽宙說明聽到入迷。他們沒試著理解，只是等待話題結束。這是持續累積不耐煩情緒的不穩定沉默。有個契機就會瓦解，一種脆弱又虛幻的均衡。

不滿的聲音已經成為暴風雨。宙佇立在中央，面無表情，毫不回嘴。真希大喊想要阻止騷動，聲音卻被數十人的聲浪吞噬。批判之風各自朝喜歡的方向肆虐。

為什麼會這樣……明明只差一點點……

遙緊咬牙關，拚命克制湧上心頭的情緒。明明想大聲阻止大家卻做不到。明明不是自己遭受攻擊，但是一鬆懈似乎就會落淚。各位，拜託你們聽到最後……

「你們幾個先別吵，自己稍微想想看吧。」

音量不是很大。但這個聲音如同暴風雨夜晚中閃耀的雷光，與眾不同地從周遭浮現。在喧囂聲中，這個低沉的聲音也清楚傳入遙耳中。

其他人似乎也一樣。大家很有默契地安靜下來四處張望，恢復完全寂靜之後，數十道視線集中在閉著眼睛站立的某個男生。

翔緩緩張開雙眼，稍微晃動肩上的球棒說：

「繼續吧。」

「嗯。」

「這樣就可以使用『公式解』。」

「公式解？那是什麼？」

又是沒聽過的詞。宙沒回答遙，而是在地面寫下神奇的算式。

$$n=\frac{-b\pm\sqrt{b^2-4ac}}{2a}$$

「就是這個？」

「嗯。學校還沒教，但所有的一圓二次方程式，都能用這個公式解開。」

「這個像是扭曲屋頂的符號是什麼？」

「這是『根號』。代表平方之後會成為裡面的數字。」

「『$\sqrt{2}\times\sqrt{2}=2$』、『$\sqrt{3}\times\sqrt{3}=3$』。這是國三課程的範圍。」

翔如同介入遙與宙的對話般低語。宙將視線投向斜後方，這次他沒有明顯露出意外表情。三分頭少年注視地面的算式，似乎沒察覺宙轉身。

「翔的哥哥是三年級。難道他教過你了？」

某個男生這麼說，但翔看著地面沒回應。

喔，兄弟只差一歲啊。遙心不在焉思考這種事，隨即將視線移回地面。

「也就是說，『$\sqrt{b^2-4ac}$』的平方是『b^2-4ac』。不過這個『±』呢？」

真希像是要回歸正題般詢問。不愧是真希，我也在意這件事。遙心想。

「代表有兩種解答。『$\frac{-b+\sqrt{b^2-4ac}}{2a}$』與『$\frac{-b-\sqrt{b^2-4ac}}{2a}$』都有可能。因為二次方程式有兩種解。」宙停頓片刻加上後面那句話。

「此外，『a』是『n^2』的係數、『b』是『n』的係數、『c』是常數項。所以套用在這次的方程式『$2n^2+12n-7=0$』就是……」

$a=2 \quad b=12 \quad c=-7$

遙突然聽他提到「係數」或「常數項」也聽不懂，但是像這樣實際寫出來就大致看得懂。「a」是「$2n^2$」的「2」、「b」是「12n」的「12」，「c」則是最後的「−7」。明白這一點就很單純。但她實在沒辦法背下公式就是了……

「將這些數值代入『公式解』就是……」

宙再度進入長長的計算。要是繼續後退，人牆會拉得過於細長，所以宙正前方的遙等人移到旁邊，騰出空間讓他計算。即使是「根號」裡的計算，宙也以樹枝俐落書寫。數字如同印刷字體般工整。

$$n=\frac{-12\pm\sqrt{12^2-4\times2\times(-7)}}{4}$$

$$=\frac{-12\pm\sqrt{200}}{4}$$

$$=\frac{-6\pm5\sqrt{2}}{2}$$

「好！」

宙毫無表情的面具就像同冰塊融化般瓦解，浮現滿面的笑容。清新的笑容如同克服一大難關，看得見成就感。

「『$\frac{-6-5\sqrt{2}}{2}$』明顯小於零。長度不可能是負數，這是錯的。因此答案是『$\frac{-6+5\sqrt{2}}{2}$』。」

果然算出答案了。遙鬆一口氣揚起視線，她以雙手往後梳著沾在臉上的頭髮，終於得出結論了。這麼一來，每天再也不用為了搶操場而起紛爭。或許在他人眼中只是雞毛蒜皮的小事，不過至少對於遙來說，這個變化比發現一千三百萬位數的質數重要得多。

（阻止紛爭也是數學家的職責。）

宙剛才不經意說的這句話，再度在遙的腦海響起。宙的眼鏡反射出正上方閃耀的陽光。這個少年今後也會像這樣持續解開難題嗎？從小小的爭執逐漸到嚴重的煩惱，並且在最後處理世界規模的問題嗎？

（將來的夢想是以數學拯救世界。）

遙不曉得「拯救世界」的具體意思。也無法想像為此要如何運用數學。然而……

「那麼最後的數字大概是多少？」

聽到真希這番話的遙，從思緒深淵回到現實。真希站在她身旁露出疑惑表情。

「記得√2只能用小數表示？」周圍再度開始議論紛紛。為什麼學校還沒教，真希就知道這種事？遙立刻想到原因。記得真希說她在上空中教學課程。這當然是為了考高中做準備。記得有一次聚餐時，真希提到她已經在上國三的課，嚇了大家一跳。她肯定也是從那裡得知根號吧。

不過，「只能用小數表示」是什麼意思？

「√2……」

宙說到這裡打住，停頓片刻才繼續說下去。像是說話時慎選字句。

「確實只能以小數或分數表示。這叫做『無理數』，如果寫成小數，數字會無限延伸，沒道理能以正確數字表示，所以是『無理數』。」

「這個沒辦法寫成數字？」

遙不禁詢問。這樣的話，即使好不容易算出答案也毫無意義。因為原先的目的是要將操場二等分，不是列出莫名其妙的算式就滿足。

宙大致環視周圍，看向地面的算式，最後目不轉睛注視遙。接著他微微揚起嘴角瞇細雙眼。這是一張柔和的笑容。

「一夜一夜看人時。」

「……啊？」

遙的思緒出現空白。咦，這是什麼？詩詞？

「這是$\sqrt{2}$。」

遙呆呆張開嘴，宙沒特別在意就說下去，這次他似乎是講正常的日語。

「雖然確實無法以小數表示，卻可以取『近似值』。$\sqrt{2}$的『近似值』是一．四一四二一三五六，可以用日文的諧音『一夜一夜看人時』記憶。」

一夜一夜看人時，一．四一四二一三五六。宙像是在確認般再度緩慢複誦。他說這是「諧音」，聽在遙的耳中卻像是某種咒語。

「順帶一提，$\sqrt{3}$大約是一．七三二〇五〇八，所以是『按照標準請客吧』；$\sqrt{4}$剛好等於二，因為『$2\times2=4$』；$\sqrt{5}$則是二．二三六〇六七九，『富士山麓鸚鵡叫』。」宙列舉數種咒語。雖然這麼說，還是比「一夜一夜」像白話文。

只是遙不曉得「按照標準請客」是要花多少錢請客。

「我個人最喜歡$\sqrt{5}$。鸚鵡在富士山麓鳴叫……真是風雅的諧音。」

「風雅啊……」

遙輕聲說完，試著想像富士山與鸚鵡。日本第一高峰和那遼闊的山麓樹海，一隻鸚鵡藏身般停在茂盛樹群的枝枒上。各處倒著自殺者遺體的陰暗森林裡，只有

「早安～早安～」的叫聲毛骨悚然地響著……遙想到這裡不禁發抖。她很難認為這樣風雅，應該說這已經是恐怖電影的場景。

「假設『$\sqrt{2}=1.41421356$』，計算 $\frac{-6+5\sqrt{2}}{2}$ 的值吧。」

宙摸索左肩所背的書包，取出黑色計算機。他「噠噠噠」地連續敲鍵，將計算結果迅速寫在地面。

$$n=\frac{-6+5\sqrt{2}}{2}=0.5355339$$

「大約是『0.536』。『N:1−n=0.536:0.464』。依照最初的計算，ＡＢ長度是七十公尺，『$\overline{AM}:\overline{MB}=N:1-n$』，由此計算就是……」

宙同時動口說明與動手按計算機。他的動作行雲流水、毫無窒礙，如同工廠裡的機器般洗練。接著他在地面流暢地寫下最後的答案，如同以此當成總結。

$\overline{AM}$=37m52cm

$\overline{MB}$=32m48cm

「計算結束。」宙吐出又細又長的一口氣，如同從機器變回人類。「這樣就可以確定M的位置，也就是畫二等分線的『起點』了。」

某處傳來「好厲害……」的細語聲。

真的解開了耶，雖然某些過程莫名其妙，沒想到居然做得到這種事。這樣就能平分了。人群充滿各種的意見。他們談論的對象是宙，卻不是剛才那種銳利如箭的批判，是發自內心的感嘆。

「再來只要實際畫線就好。」

宙在溫暖話語之雨的中央，微笑著說。

「至今使用的界線是在ＡＢ正中央，距離兩側三十五公尺的位置開始畫，再往B的方向移動兩公尺五十二公分就好。咦，這樣的話，兩公尺的捲尺就不夠用了，傷腦筋……」

直到剛才都像是精密機器的少年，突然改成脫線難為情的語氣。遙聽完忍不住笑了，隨即周圍也如同潰堤般籠罩笑聲。數十人的笑聲響遍操場與天際，揚起陣陣漣漪。宙愧疚般低下頭，將樹枝扔到腳邊。

啊啊，感覺好棒……遙一邊笑，一邊拭去眼角淚水。

直到前一刻都在爭吵仇視的大家，如今這樣一同歡笑。這是一種神奇的感覺。

好舒服，她心想，要是能一直像這樣保持快樂該有多好。

（如果現在是『糟透了』，也就是幸福指數處於最小值，今後的幸福指數永遠會比現在高。）

難道宙早就知道會這樣？應驗了他昨天隨口說出的話。終究是我想太多吧？瞬間掠過腦海的想法，也立刻流向其他地方。遙任憑笑聲籠罩，享受這份舒適的幸福。

「來，借妳。」

笑聲暫時停止時，宙走向遙伸出手。遙接過他手上的東西一看，是那個黑色計算機。前天好像也是這個樣子……不祥的預感緩緩擴散。

「由妳驗算吧。」

「啊？」

遙差點失手將剛接過的計算機掉到地上。

驗算？什麼意思？為什麼找我？

「不會很難。用剛才算出的答案，比較兩個梯形的面積就好。」

宙照例不在意遙的困惑。他撿起樹枝，從地面寫成一大串的算式之中挑出兩條，在前端畫上圓圈。

○上＝{45＋(15n＋45)}×AM÷2

○下＝{(15n＋45)＋60}×MB÷2

「用這兩條算式，以及『n＝0.536』、『$\overline{AM}$＝37.52』、『$\overline{MB}$＝32.48』，就可以輕易……」

「等一下……！」

遙出聲打斷宙的話語。

「為什麼是我？你驗算不就好了？」

「因為如果只有我一個人說，或許有人無法認同。我是轉學生，和大多數人是初次見面。」

「就算這樣，也不需要找我吧？真希或翔不是比較合適嗎……」

沒錯。遙說著像是自行確認般心想。我不適合擔任驗算工作。這麼重要的事情，肯定由大家的領導者——翔或真希負責比較好。這樣大家也比較信賴。

遙如同求救，也像想逃離某種東西般，移動目光看向真希。

宙轉頭依序看向真希與翔，低頭思考片刻。經過短暫的沉默，他的視線依然回到遙。他搖頭對遙說：

「不行。就像我一樣，他們似乎知道國二之後的課程，所以我希望由妳計算，證明不知道這些知識也算得出正確答案。」

「可是……」

「沒問題的。一步一步慢慢來吧。」

眼鏡後方的溫和目光和平常冰冷的視線不同，蘊含著暖意。

「無論是由我計算或是由妳計算，任何人都能算出相同的答案。數學絕對不會背叛我們。」

數學不會背叛……少年的話傳入遙的耳裡，緩緩滲入全身。遙朝著拿計算機的手使力。既然宙這麼說，試試看吧，既然熱愛數學的宙這麼說，應該是真的。

數學不會背叛我們。

遙看向地面，確認必要的「數值」。「n=0.536」、「$\overline{AM}$=37.52」、「$\overline{MB}$=32.48」。以及宙畫上圓圈的兩條算式。

她舉起顫抖的手指放在計算機，冷靜下來，一步一步做就沒問題。

遙在腦中不斷重複計算順序，按起計算機。

上面的梯形，首先以十五乘以〇．五三六，加四十五，再加四十五，然後乘以三七．五二，最後除以二……

下面的梯形是十五乘以〇．五三六，加四十五，再加六十，這次是乘以三二．四八，同樣在最後除以二……

「算好了……！」

$〇_{上}=\{45+(15n+45)\}\times AM\div 2=1839.2304$ (m^2)

$〇_{下}=\{(15n+45)+60\}\times MB\div 2=1835.7696$ (m^2)

「咦？差一點點耶？」

「計算$\sqrt{2}$的時候是用『近似值』，所以會有點誤差。」

遙擔心地詢問，宙則極為冷靜地回應。不知道該說「果然」還是「正如預料」，這個誤差似乎也在計算之中。

「誤差約三點五平方公尺，比兩公尺見方的塑膠布面積還小。如果以公釐為單位調節M點位置，就可以讓誤差變得更小，需要嗎？」

宙輕盈轉一圈，緩緩看著眾人。遙只轉頭跟隨宙的視線。

有人瞠目結舌；有人和宙四目相對搔抓腦袋；有人就這麼注視地面，沒察覺宙的視線；有人還沉浸在剛才歡樂的氣氛。

沒人露出不滿表情。

「這樣就夠了。」最後和宙四目相對的翔，前進一步這麼說。

「搶一塊塑膠布大小的面積也沒用，又不是小朋友郊遊。」

安靜片刻之後，某人低調地拍起手。另一人跟著做。兩人變四人、四人變八人，聲音逐漸變大，掌聲如同水面漣漪般擴散，最後就像是夏日黃昏的雷陣雨一起灑下。

位於中央的戴眼鏡少年臉頰羞紅。

「太好了，算出大家接受的答案了。」

宙承受著掌聲之雨，微微低頭細語。遙也抱持感謝與尊敬的心情用力拍手。

「不過，有個問題。」

宙愧疚般這麼說。掌聲隨著「咦？」的呼聲突然中斷。學生們面面相覷。連翔也以疑惑目光注視宙。

「什麼問題……？」

遙戰戰兢兢詢問。宙不發一語，稍微仰頭看向天空，然後露出苦笑說：

「得從明天才能二等分了。」釘～咚～鐺～咚～……宣告午休時間結束的鐘聲籠罩梯形操場。

操場爭奪戰解決了。

後來成為東大磯中學佳話事件結束的隔天，午休時間即將進入尾聲時，遙匆忙跑回教室一看，宙果然坐在桌子前面看書，姿勢和以往完全相同。無論上課或下課，他肯定直到遙叫他都動也不動吧，甚至令人擔心他會就這樣變成銅像。重新固定的兩面旗幟，在窗邊隨著微風飄揚。

遙緩緩靠近桌子，彎腰窺視書的封面。封面大大畫著一位寬額頭白髮老先生的臉。

「卡爾．弗里德里希．高斯。」

宙突然開口，遙嚇得肩膀一顫向後跳，屁股因而撞到另一張桌子。

「這是數學家的傳記，我到圖書館借閱的，很好看。」

宙總算從書本抬頭看遙，但他似乎不想對遙咬牙忍痛以及隔著五分褲摸屁股的樣子表示意見。他闔上書看向窗外。

「我從窗戶看見了。你們似乎沒平分場地。」

「啊……」

遙放開屁股，默默低頭看向腳邊。

是的。明明宙昨天好心傳授平分操場的方法，他們卻沒這麼做。不對，正確來說，他們已經試過二等分，卻沒有運用。

二等分之後，遙他們重新體認到自己國中的操場果然很小。至今分成「較大」與「較小」，所以「較大」的面積勉強可以打棒球或壘球，但是二等分之後，兩座場地的面積都變得不上不下。

使用「下面的梯形」，左側比右側短太多；使用「上面的梯形」，只能畫出小到異常的鑽石狀球場。最後，遙他們不得不放棄平分操場使用。

「對不起，你明明好心幫我們計算……」

「不用在意。」

遙的聲音稍微顫抖，宙一如往常以平淡語氣回應。聽起來像是暗示這種事不重要。

「今天的你們看起來很快樂。」

遙聽完驚覺抬頭。放棄平分操場的大家，甚至不再分成男女兩邊打球。沒人知道為什麼變成這樣或是由誰提議，只是自然而然的演變——人數多到四十人，男女混合組隊一起打壘球。明天大概會打棒球吧。自從小學畢業，男生與女生就未曾在午休時間玩在一起。

遙盡情奔跑，飛撲接球。途中突然受命當投手時終究很緊張，但笑容神奇地沒消失過。明明總是投不出好球，明明還被男生打出全壘打，但真的很久沒在午休時間玩得這麼開心。

「能夠阻止紛爭，我就滿足了。」

宙瞇細眼鏡後方的雙眼這麼說。表情像是在細細咀嚼、品嘗某種東西。

應該是真心話吧……遙在內心低語。

阻止紛爭。宙昨天午休出現在遙他們面前，真的只為了這個目的。二等分只是完成更大目標的手段。遙總覺得他很像神。

「宙打算像這樣協助大家，最後拯救世界？」

「嗯。」

「既然這樣……」遙說到這裡稍微停頓，略為猶豫之後下定決心開口。「你的數學屋，也讓我幫忙吧。」

聲音變得莫名沙啞，不過似乎確實傳達了。原本要再度打開書的宙停止動作，像是受驚般抬頭。

「因為你的感性和大家不太一樣。明明很聰明，目標也很偉大，但是沒客人來就沒意義。我確實不擅長數學，但是常識比你多，應該幫得上很多忙。」

宙目瞪口呆愣住好一陣子，接著以僵硬動作依序看向遙、旗子與手上的書。不知為何反覆這樣好幾次之後，抵著下巴閉上眼睛。看起來不是在思索，而是整理現狀。遙很難得看見少年這副模樣。

宙大概是終於整理好思緒，緩緩張開雙眼。

「看來，光靠我一個人確實很難順利經營。既然妳這麼說，我當然很歡迎。遙鬆了口氣。說實話，她以為宙會嫌她礙手礙腳而拒絕。但是另一方面，她內心某處不知為何確定宙不會拒絕。

或許從那一天，窺視無限質數的那天傍晚，自己就已經踏入這個神奇的世界。或許自己從那個時候，就和宙走上相同的道路。這麼想的遙，就不知為何認同並接受一切。這樣的話……遙頓時豁然開朗：或許我無法完全理解，或許我完全無法成為助力。但是，我要看得更深入。不過，數學真的能拯救世界嗎？

我想確認。

不，我會確認。

「請多指教。」

「嗯，我才要請妳多多指教。」

兩人說完同時笑了。感覺這是第一次看見宙出聲發笑。他的笑聲清澈得像是孩童。數學屋正式成立。

「對了。」

遙回想起某件事這麼說。她繞到窗邊，仔細取下綁在桌腳的一面旗幟，再度綁在自己的桌腳。如同宙前天做的那樣。

「我是店長，妳就是店員囉。」宙看著隨風飄揚的兩面旗幟低語。

問題三

試提升社員們的幹勁

「咦？不能只插旗子？」

宙瞪大雙眼驚呼，看來相當出乎他的意料。他微微起身前傾，眼鏡後方的雙眼眨啊眨的。

「那當然。」

遙停止簽字筆的書寫動作，夾雜著嘆息回應。這傢伙真是的，沒常識也該有個限度。

「只是插旗子，客人不可能上門吧？」

「魚店或肉店不是掛招牌就能吸引客人上門嗎？」

「那種一目了然的店是這樣沒錯，但我們開的是『數學屋』吧？只擺出這種旗子，別人會覺得可疑不敢接近。」

「是嗎……」

宙雙手抱胸沉思，頻頻低語，看起來不太能認同。遙沒繼續理會這個沒常識的少年，回到剛才的工作。她以紅色的細簽字筆，幫黑色的文字加框。

大部分的內容已經在家裡畫好，再來只需要加強細節。幫中央舞動的「數學屋，開店！」幾個字加上紅框之後，為文字周圍的星星、花朵等插圖著色。這樣或許不像是數學屋，不過到頭來，遙不清楚怎樣才「像是」數學屋，總之顯眼就好。

她將簽字筆改為彩色鉛筆，塗上繽紛的色彩。筆尖發出唰唰的聲音，頗為痛快。要畫得很顯眼，吸引所有人的目光。

最後幫男生與女生著色就大功告成。遙高舉完工的圖畫紙海報，拉開距離欣賞。嗯，我畫得還不錯。遙滿意地點頭。

「畫得真好。」

宙在鄰座發出由衷佩服的聲音。看來他已不再沉思。

「我明明畫得出各種圖形，但真的畫不出這種圖畫。」

少年歪過腦袋這麼說。遙回想起宙以前畫在筆記本的圖。摹擬鑰匙與鎖頭的圖，變得像是魚骨與魚板。明明如果是梯形圖，他就能在地面畫得很工整……這個傢伙真的很怪。

遙嘆口氣，將海報放在桌上，環視四周。

窗外射入異常刺眼的陽光，整間教室閃閃發亮。邊說著「早安～」進教室的大家看起來莫名愉快，肯定不是自己多心。週五早晨隱約洋溢著週末將近的亢奮氣息。或許因為比平常早起，遙的意志也舒暢清澈。

數學屋，開店！以數學之力解決您的煩惱！

地點：二年B班

費用：免費

開店時間：每週一放學後

宙看向海報，逐一唸出上面的文字。行雲流水、毫無窒礙。他將文字全唸一遍之後，轉頭看向遙。

「為什麼設定只在週一開店？」

「因為我的社團週一休息。」

「但我每天都在教室啊……」

「總不能每天等待不曉得是否會上門的客人吧？剛開始每週一天，等生意變好再增加吧。」

「唔～」宙再度看向海報，抿著嘴巴，凝視圖畫紙上的文字。大概是因為對話中斷，周圍的喧鬧聲突然聽起來近在耳邊。

遙感到不安，卻還是耐心等待宙的下一句話。

「『以數學之力解決您的煩惱！』……嗯，聽起來很棒。」

宙說完點點頭，遙見狀鬆了一口氣。看來他不知何時同意只在週一開店了。由於是擅自決定，遙原本擔心他會有意見。

「話說回來，最下面一行小字寫著『負責人：神之內宙　副負責人：天野遙』，負責人是做什麼的？」

「不曉得，但我問木下老師，他說貼海報需要負責人。宙，你是店長吧？那就當負責人吧。我當副負責人。」

「原來如此，那就這樣吧。」宙說完，再度從頭到尾緩緩檢視海報。

宣告上課的鐘聲湊巧在此時響起。散布在教室各處的學生們匆忙回座。時間是八點四十分，海報好不容易在班會前完成。

「這麼說來，宙每天早上大約幾點到校？」

遙詢問專心觀察海報的宙。遙今天八點左右來學校完成海報，不過宙當時已經坐在靠窗最後面的座位看書。也就是說他實際到校的時間更早。

宙抬起頭，停頓片刻稍微思索，然後冷淡回應。

「大概七點。」

「七點？」

遙稍微覺得眼花，以手心按著臉。

早上七點開始看書——遙至今從來沒做過這種事。這種作息令人難以置信。如果遙這麼做，大腦肯定在上課前就累壞。

即使如此……

這個少年肯定覺得沒什麼大不了吧……

「到校時間怎麼了嗎？」

「……沒事。」

果然如此。遙再度感到眼花，趴在桌上。

「今天不去操場玩？」

拿著影印的一疊海報走出教職員室，像是突然想起來般詢問。

「嗯，我說要忙一些事情就推掉了。」

「妳也沒吃飯吧？」

「貼完這些就吃。」

遙說著將借來的圖釘盒交給宙。宙將其當成雛鳥般，以雙手手心小心翼翼包覆。

「終於要貼海報了。不過究竟要貼在哪裡？」

「像是校舍門口前面、階梯轉角處，總之貼在大家每天都會使用、引人注目的地方。」

「引人注目的地方……」宙輕聲複誦遙這句話。今天是遙傳授常識給宙，立場和以往相反，莫名有種神奇的感覺。

「既然這樣，廁所要不要貼？大家每天都會使用啊。」

「學校禁止在廁所貼海報。」

「是嗎？為什麼？」

遙無視於皺眉的宙，快步穿越走廊。膠底室內鞋摩擦地板發出尖銳聲響，宙慢半拍慌張地跟過來。兩人首先來到和教職員室同樣位於一樓的校舍門口。午休時間，許多學生在校舍門口出入。從福利社回來的男學生，單手拿著麵包換鞋。從他旁邊迅速經過的女學生，是平常在操場一起打球的女生。

「嗯，仔細看才發現這裡貼了各種海報。」

宙不知何時離開遙，像是黏在牆邊般觀看海報。其中一面牆壁是可以插圖釘的公布欄，宣傳社團活動的海報或是學生會製作的公告，相互交疊貼在上面。進入校舍首先位於正前方的這面牆壁，所有學生每天都會看見。

是的，所有學生每天都會看見……本來就是這樣。

「……你至今都沒發現？」遙無奈地詢問，宙轉身離開牆壁，雙手依然小心翼翼捧著圖釘盒。

「嗯。因為我自己走路的時候，都在想數學的事。」

「這樣不危險嗎？」

「是啊。偶爾會撞到樹幹，或是踩階梯的時候絆到腳。」

遙感受到一股疼痛而按住額頭。如果撞到的不是樹幹而是車子，他該怎麼辦？少年在擔心世界之前，應該先擔心自己吧？遙已經無言以對。宙再度像是黏在牆邊般觀看海報。遙也不得已站在宙身旁看海報。

只以自來水筆寫下極粗文字的棒球社海報；印上爽朗男社員照片的網球社海報；畫上可愛少女圖的漫畫研究社海報。遙想起四月的社團招生時期。壘球社的海報肯定也在無數告示的某處。那張海報是真希畫的。遙當時將那張海報貼在各式各樣的地方。如同今天這樣。

遙看向身旁。宙以閃亮的眼神專注欣賞海報，充滿純粹的好奇心，如同孩童的眼神。遙心想，宙身處的「數學世界」或許和遙身處的世界不同，所以這種平凡的事物在他眼中也很稀奇。

「記得妳是棒球社吧？」宙轉頭向遙低語。

「……啊？」

遙的思緒瞬間停止。她沒能立刻確認這句話是對她說的，就這麼張著嘴僵住，腦袋一團亂。

「……咦？可是記得妳說過……妳想買新手套……」

宙看著僵住的遙，不曉得察覺什麼事，戰戰兢兢地如此補充，嘴角像是痙攣般抽動。

遙縮起嘴巴，從肺裡吐出細長的空氣。腦袋和肺一樣放空，然後仔細思考。等到整理好話語，再聳肩深吸一口氣。

然後她猛然宣洩。

「我是壘球社！雖然會用手套，但是和棒球不一樣！你從窗邊看過女生在午休時間打球吧？就是那個啦，那個！」

路過的男學生肩膀一顫。在鞋櫃換鞋的兩個女生轉頭瞪大雙眼。遙咄咄逼人的樣子，使得宙臉頰抽搐，退後兩、三步。

「對不起。因為太像了……我一直以為一樣。」

宙像是受驚的貓一樣軟腳，拿著圖釘盒的雙手舉到臉部前方合十。遙則是被來自走廊牆壁與天花板的回音嚇到，過於難為情而低下頭。

道歉的男生以及臉紅低頭的女生。行經走廊的學生們假裝沒看到就經過。

「那個，對了……方便的話，可以告訴我棒球與壘球的差異吧？不然我可能又會搞錯。」

宙不知所措地看著遙與棒球社海報，以細如蚊鳴的音量這麼說，聲音稍微顫抖。

不行，又激動過頭了。這是我的壞習慣……「差別在於球的大小。此外，球場面積也不一樣。」遙刻意壓抑音調回答。

「嗯。」

「還有，棒球的投手是上肩投法，壘球是低肩投法。」

「球跟球場，以及投手啊……原來如此原來如此……」

宙看著下方嘀咕。遙頗為擔心他是否真的聽懂，卻決定不再理會。要將所有常識灌輸給這位少年，肯定要花費一年左右吧。

「總之，貼吧！拿圖釘出來！」遙說完，宙驚覺地抬起頭，以手指勾住圖釘盒的盒蓋。

「嗯？奇怪，緊到打不開……」

那是普通的塑膠盒，應該可以輕易打開才對……遙抱持無奈心情旁觀，沒想到宙將盒子橫拿，開始用力拉盒蓋。

「這樣就比較好施力。」

「等……等一下！要是這樣打開……」

遙正要伸手阻止，但為時已晚。聲音響起，「啵」的一聲像是抽出瓶塞的下一瞬間金色圖釘灑得走廊滿地都是。

「啊啊！」

宙悲痛的叫聲響遍走廊。今後別再拜託這個傢伙做數學以外的事情吧。遙注視地面的無數尖刺，暗自下定決心。

撿圖釘花了許多時間，因此沒空吃便當，但兩人好不容易在午休時間貼完海報。校舍門口與階梯轉角處，以及二樓與三樓走廊各一張。貼得這麼密集，全校學生肯定都看得見，再來就只要等待客人上門。

然而……

「宙那副德性……數學屋可以順利經營嗎……」遙獨自嘆息低語。宙基本上缺乏常識到無可救藥的程度。遙的職責當然就是輔助他，卻不曉得究竟能幫到何種程度。

「昨天光是貼海報就那麼辛苦……這樣真的能解決大家的煩惱嗎……」

遙垂下肩頭，誇張嘆出又深又長的一口氣，連自己都感覺得到肺部縮小。

鏗！

「天野～球過去了～」

「啊？」

聽到別人呼叫的遙抬起頭。朝本壘方向看去，木下老師不曉得在喊什麼。而且某個東西正朝這裡……

「啊……糟了……」

遙回神時，球已經在身後彈跳。她連忙轉身全速追球。木下老師的叫聲持續從後方傳來，但距離愈來愈遠，最後再也聽不到。

追球無功而返，球滾進樹林裡。遍布枝枒的綠葉投下黑影，及膝雜草茂盛填滿樹群根部。遙走到樹林前方停下腳步掃視。森林裡不止陰暗，雜草還都長得同一副模樣，找不到球滾進去的痕跡。

「啊～糟透了……」

不止是在擊球的時候發呆，還弄丟球。即使是木下老師也會生氣吧。遙遲疑片刻之後進入樹林。雜草在遙的腳底發出被踩扁的聲響。

樹林內外彷彿是不同的世界。以操場邊緣為界，乾燥砂地到此為止，化為潮溼的草原。明明直到剛才都那麼熱，此時卻有一陣涼爽的風撫摸臉頰。

遙以手心拭去額頭的汗水，彎腰掃視草叢縫隙，就這麼戴著手套，以雙手撥開細長的草。但是到處都找不到球。沾上泥巴與露水的手心，只留下冰冷的觸感。

鏗！

轉頭一看，木下老師已經再度擊球。接球的大概是葵。帽子後方露出馬尾，隨著動作左右搖晃。遙嘆口氣再度看向樹林，沒找到球回去只會挨罵。就算這麼說，繼續慢吞吞找球也不保證找得到。遙默默注視溼泥巴弄髒的右手。

「妳在做什麼？」

突然有人搭話，遙嚇得顫抖著肩膀往後跳。低沉的聲音莫名具備壓力。轉身一看，身穿深藍色上衣與白底黑條紋長褲的少年扠腰站在那裡。他個頭頗高，頭戴黑色棒球帽，曬成褐色的臉浮現疑惑的表情。

是翔。

為什麼不是別人，偏偏是他……遙好想抱頭。遙不擅長應付這個氣燄囂張的少年。要是說明自己進入樹林找球，真的不曉得他會如何消遣。

「我才想問，你在這種地方做什麼？」遙藏起泥水弄溼的右手，踏出樹林這麼說。她轉身背對翔假裝要離開。

「我？我在跑步。」翔愛理不理地回應，不曉得是否知道遙的心情。

「跑步……棒球社今天的練習時間是後半節吧？週六前半節是壘球社的練習時間啊？」

「所以我才繞操場跑步以免妨礙。這樣妳們就沒意見了吧？」

翔說著以右手沿著操場外圍示意。聽他這麼說，就覺得至今壘球社練球時，都會看見一個跑步的棒球社員。原來那個人是翔。

不過，棒球社在週二與週六，原本是接在壘球社後面練球。遙等人在速食店聊天的時間，正是棒球社的正規練球時間。他在這個時間跑步，就代表練習分量是別人的兩倍。

遙不太清楚翔這個人。他率領男生時擺出囂張態度，卻也像這樣具備極端正經的一面，難以捉摸。這也是遙不擅長應付翔的理由之一。既然不擅長應付，別扯上關係才是上策。而且遙現在狀況不太好。她就這麼背對著翔轉頭開口。

「真投入啊。既然這樣，你早點回去練跑比較好吧？」

「不用妳說，我也會回去。但妳在這裡做什麼？」

「我做什麼都無所謂吧？」

鏗！

擊球聲清晰地傳入耳中。翔朝本壘方向一瞥，再看向遙手套上的泥土。和操場的淡色沙土不同，是黑色潮溼的泥土。翔哼笑一聲，不是滋味地詢問：

「什麼嘛，撿球？掉進樹林裡？」

遙臉紅了。覺得自己真的很丟臉。她轉身面向翔，擠出聲音訴說：

「對啦，我在擊球的時候發呆，球就飛到後面了啦！既然知道就走開啦！我忙著找球！」

翔面不改色聆聽遙的話語。不是宙維持中立態度的面無表情，是暗藏冷漠影子的面無表情。講到這種程度，他終究會去其他地方吧。遙如此心想，但翔出乎意料沒離開。

不止如此，他忽然將視線移開遙，踏入樹林。

「等一下……你要做什麼？」

「幫妳找。我正想休息一下。」

翔彎腰以雙手撐著膝蓋回應。帽簷向下，看不見他的表情。

「不用了啦，我自己找得到。」

「知道掉到哪個區域嗎？」

翔完全無視於遙的話語，以雙手接連撥開雜草，逐漸進入樹林深處。

「就說不用了啦！因為球是我弄丟的。」

「吵死了，妳去找那邊吧。要是待在相同地方，兩個人一起找就沒意義了。」

翔說完將臉探進草叢。

究竟是吹起哪門子的風？遙不明就裡，卻也不能就這樣只讓翔找球。她逼不得已，只能撥開距離翔比較遠的草叢探頭找球。很快就找到球了。翔發現球卡在露出地表的樹根之間。他輕輕拍掉球的泥土與葉子扔給遙，遙隨手以手套接球。

「……謝謝。」遙稍微嘛嘴道謝。

話說回來，他究竟在想什麼？遙更加摸不透他了。

翔走出樹林，拍掉雙手的泥土說：

「我看到海報了。你們似乎在做有趣的事情。」

「啊？」

「數學屋啊。『副負責人』是妳吧？」

遙剛開始聽不懂他說什麼，愣住了一陣子，數秒後才終於回神。原來如此，翔早早就看見昨天貼的海報。

「什麼？難道你是想講這件事？」

翔沒回答，只朝校舍方向看去，瞇細雙眼低聲說：

「記得那個傢伙叫做神之內？他很有趣。我已經吩咐男生們，不准說那個傢伙的壞話或是亂傳謠言，總之算是上次的謝禮吧。」

翔只說完這些就跑走了。頭也不回，發出噠噠噠的腳步聲，沿著操場外圍跑步，逐漸遠離。遙心不在焉注視翔的背影，但她後來想到球還在手套裡，連忙跑向本壘。木下老師察覺回來了，不曉得在喊什麼。

老師在生氣嗎？遙隱約這麼想，卻不太在意。身體像是氣球輕飄飄地搖晃，周圍的聲音聽起來莫名遙遠。

「數學屋……副負責人……」

遙一邊奔跑，一邊以細微卻輕快的聲音低語。聲音隨風向後流逝，融入寬敞的操場。

隔週一。這天和上週不同，上課時鮮少感受到視線，午休時間也沒人來說風涼話。就這麼以前所未有的和平度過這一天，班會時間順利結束。學生們鬧哄哄離開教室之後，室內只剩下遙與宙兩人。

首度開店的時間終於來臨。遙坐著深呼吸兩三次，壓抑胸口的悸動。海報已經在上週五貼在校內顯眼處。快的話，或許今天就有委託人上門。遙以充滿期待的視線交互注視教室前後門，在宙旁邊引領期待客人入內。然而……

「……沒人來耶。」

「嗯。」

班會結束至今三十分鐘，別說客人，甚至沒學生回來拿忘記的東西。教室一如往常只留下遙與宙兩人。教室拉門隨意開著，靜止無聲。窗外天空覆蓋灰色雲層，潮溼的空氣纏著肌膚，感覺不太舒服。五月進入後半，或許開始顯現梅雨徵兆。窗戶雖然開著卻完全無風，潮溼的空氣沉澱在整間教室。

在這樣的氣候中，宙一如往常規矩地扣上制服外套的領鉤釦。換季至今明明一個月了……厚重雲層遮住太陽，氣溫不算高，但是在這種溼度一直穿長袖肯定不舒服。

遙眺望灰暗的雲層，不時斜眼觀察宙。少年和上課時一樣專注讀書。是他上週在圖書館借閱的數學家高斯傳記。寧靜的教室，只隱約聽得見來自窗外的麻雀嬉戲聲，以及少年翻頁的聲音。

「大家沒看海報嗎……」

遙托腮打著呵欠低語。宙稍微從書本揚起視線，朝遙注視的教室門口一瞥。

「沒客人上門不是壞事，代表這間學校多麼和平。」

少年說完再度將視線移回手邊。這個論點極為中肯，但遙還是頗難接受。因為人活著不可能完全沒煩惱。

「因為週四開始段考嗎……」

「段考？學校在考試的時候就會變得平靜？」宙瞪大雙眼反問。遙嘆了口氣。

我才想瞪大雙眼，這傢伙究竟在說什麼？

「因為大家會忙著用功準備考試啊！」

「是嗎？」

「居然這樣問……宙，難道你考前都不用功準備？」

「嗯，因為我上課都認真聽講。」

遙懷疑自己聽錯了，以為他在開小玩笑。瞠目結舌正是形容這種狀況吧。她怎麼想都不覺得宙有資格說自己「認真聽講」。

「……咦？怎麼了？我說了什麼奇怪的話嗎？」

「沒有啦，因為……你一直都只看書吧？」

遙交互看著書與宙詢問。片刻的沉默。宙也交互看著書與遙，似乎在揣測這番話的意思。

「啊啊，對喔。」

宙像是想起某件事般暗自低語，然後稍微揚起嘴角、垂下眼角，看向黑板說下去。

「我應該沒說過，我看書時也能聽人說話。老師上什麼課，我都記得住。」宙若無其事這麼說，就像是說明自己具備「我跑得很快」之類的專長。

遙很難相信這種說法。一邊看書，一邊還能將老師上的課聽進去？真的做得到這種事？

「想要有效使用數學，也必須具備數學以外的知識。妳想想，我上次也是運用地理解開問題吧？就像那樣。我不認為只要鑽研數學就好。像是希臘數學家畢達哥拉斯也鑽研醫學與哲學。歐拉與高斯也……」

「慢著，問題不在這裡……」宙開始熱中於自己的話題愈說愈快，遙連忙打斷。「真的嗎？你也完全沒抄黑板吧？」

「老師寫在黑板上的內容，基本上都說過一次吧？既然聽講並且記在腦子裡，就沒必要刻意抬頭抄寫。」

「不會忘記？」

「只是死背當然會忘記。必須將新舊知識結合以免忘記。如同在地理學到的地形圖知識，可以和數學的『相似』結合。只要提供歸宿，知識就沒必要到處逃，會一直留在腦中。」

宙以食指輕敲太陽穴上方。遙想像他腦袋裡的樣子。許多知識井然有序塞在腦中。它們各自得到住所，和其他同伴手牽手，等待機會上場。其中肯定包括「加權平均公式」或「公式解」之類的知識吧。不過關於「壘球」或「溫書」的知識應該是空的。

遙目不轉睛注視宙再度低頭看書的側臉。

不止是沒人入內，甚至沒人經過教室外面，就這樣又過了三十分鐘。遙伸直雙手趴在桌上，宙一如往常專心看書。空氣也一如往常感覺潮溼又沉重。

「那個……」

「……嗯？」

遙臉頰貼著桌面搭話。宙慢半拍出現反應，又停頓數秒才從書本抬頭。

「我好無聊。」

「我在看書，所以不會無聊……」

一點都沒錯。遙無聊是因為她無所事事發呆。但她沒帶書來看，也沒興致用功。遙不得已只好繼續對宙說話，以免錯失這個話題。

「那是在圖書館借的書吧？」

「嗯。」

「你在前一所學校也像這樣到圖書館借書看？」

「不，以往不是這樣。」宙以手指夾著書闔上，眺望遠方般瞇細雙眼。

「以往我只看家裡的書，不過，我把看得懂的書全部看完了。其他的書太艱深，我只看得懂前幾頁。」

「咦？你也有看不懂的書？有這種書？」

「我也不是神。」

宙說著看向窗外天空。放眼望去，天空盡是低垂的灰色雲層。由於戶外陰暗，窗戶朦朧映出教室風景。教室裡的宙眺望戶外，窗戶上的宙眺望教室。

「你家為什麼有這麼艱深的書？」

遙詢問教室裡的宙。教室裡的宙轉身之後，窗戶上的宙背對過去。

「是我爸收藏的書。」宙背對著混合陰暗天空與教室的窗戶回應。「家裡收藏了好幾百本。書櫃放不下，甚至堆在地上。」

「你爸爸喜歡數學啊。」

「我爸爸就是數學家。在大學教數學。」

「數學家！」

遙聽完隱約覺得合情合理。在一般家庭長大的孩子，不可能如此熱愛數學。如同農家的孩子會繼承農家、醫生的孩子會立志成為醫生，同樣的，數學家的孩子應該會喜歡數學吧。聽他這麼說就覺得這是很自然的道理。

「你喜歡數學，原來是受到爸爸的影響啊。」

「嗯。」宙輕聲回應之後點頭。

「搬家是因為爸爸調職？」

「不是。爸爸一直在同樣的地方工作。在東京的大學。」

「既然這樣……」

遙說到一半打住。詢問搬家的理由，對方應該不會高興。遙就這樣不再說下去，宙再度看向窗外。一個似乎是烏鴉的鳥影穿越操場上空。

「空氣……」

「啊？」

宙面向半開的窗戶低語，感覺是自言自語。宙映在窗戶的嘴，看起來甚至絲毫沒動過。

「爸爸說，空氣清新的地方比較適合研究數學。」

遙就這麼注視著窗戶上的宙僵住。

只因為這樣？只因為這個理由，就刻意搬到遠離職場的地方？

「很奇怪吧？明明直到上個月都住在東京，十分鐘就可以走到大學，現在卻是搭兩小時的電車通勤。」

這座城鎮確實保留許多大自然，空氣也清新……可是，就算這樣……遙已經不曉得如何回應，只能默默含糊點頭。

宙自己也相當跳脫常識範圍，連他都說父親「很奇怪」。那應該是非常奇怪的人吧。不對，要是比宙更奇怪，他父親真的是人類嗎？

遙認真覺得宙的父親或許真的是「數學世界」的居民。那裡的法則和這個世界不同、常識和這個世界不同。人們以「數學語」交談，滿腦子都是數學。他們夏天也穿制服外套，不曉得壘球與棒球的差異。或許這種世界真實存在，宙是兩邊世界居民的後代。

雖然異想天開，但這樣解釋比較舒坦。真神奇。

「呀呼～生意好嗎？」

此時前門傳來聲音，遙與宙同時投以視線。遙看見站在門口的兩人，不由得撐著桌面起身。

「真希！葵！妳們來了！」

「其實我們想更早來，不過社團有些事要找木下老師商量。」

真希說著鑽過桌子之間走近，葵笑咪咪跟在後方一步的距離。兩人將書包放在前方桌面，拉椅子坐下，和遙與宙兩人面對面。

「客人呢？沒上門？」葵大大的眼睛環視教室如此詢問。遙垂頭喪氣回答。

「是啊……妳們是第一組客人。」

「總之，畢竟是第一天，別急。」

真希隨口說出的話語使遙好想哭。雖然聽起來冷淡，但處處隱藏著溫暖。明明同年級，真希卻在這時候看起來年長許多。而且，葵在露出溫暖笑容的真希身旁，頻頻觸摸「數學屋」的旗幟。如同貓咪在玩逗貓棒的模樣，搭配她可愛的外形，使人光是旁觀就感到祥和。遙由衷覺得葵的男朋友很幸福。

「怎麼了？看妳臉好像有點腫。」

「沒事……」

真希露出疑惑表情，因此遙以雙手夾住臉頰，讓放鬆至極的表情復圓。沒客人上門而消沉的心情，轉眼之間消失無蹤。自己真的結交了一群好朋友。

「所以，今天的委託是什麼？」

至今默默看著三人互動的宙緩緩開口。他雙眼一亮。

「以數學之力解決妳的煩惱吧。」

「咦，煩惱？沒什麼煩惱啊，我今天只是來看看。」真希以詫異表情回應，宙聽完也感到詫異。兩人睜大雙眼相互凝視數秒。

「……也就是說，是這位同學有煩惱？」

「咦，不，我也和真希一樣，只是來看看。」葵輕聲回答宙的詢問，眉角有些為難般下垂。

潮溼的空氣彷彿變得更沉重。遙無力趴倒在桌上。宙似乎也撐不住而垂下肩膀。

「呃，這樣回答不太妙嗎……？」

真希看見兩人消沉的模樣，露出抽搐的笑容。「不，沒那回事……」遙以含糊的話語尷尬回應。葵不安地看向真希。真希單手撥起劉海，閉上眼睛抬頭面向天花板，皺眉思索片刻，接著張開大大的雙眼打響手指，發出清脆悅耳的聲音。

「對了！請他教功課吧！距離考試只剩三天了。」

真希說完朝葵使眼神，轉身打開自己的書包，取出數學課本翻到正中央左右的頁面放在桌上。這一頁到處以螢光筆畫重點，其中一條算式上方，以紅筆打上「？」的符號。

「葵，妳看，上次妳問我這條算式的意義對吧？」

「啊……嗯。因為我數學不好……」

「不過，我當時也只能回答得很含糊，要不要趁現在請宙好好教一次？」真希說完朝遙拋個媚眼。右眼長長的睫毛上下相合，在瞬間輕盈分開。左半邊臉幾乎沒動，是一次同版本的媚眼。

「嗯，如果是這種事，我樂於協助。項目是……『機率』吧？」宙看著真希的課本說完，在旁邊打開自己的筆記本，從外套胸前口袋取出鉛筆。

「說明這條算式的意義之前……雖然有點麻煩，但是先畫『樹狀圖』比較好懂。唔～如果第一枚硬幣是正面……」

宙依照硬幣的正反面，在筆記本畫上分岔的「樹狀圖」。真希與葵探出身子專注凝視。遙旁觀三人的模樣，輕輕吐出一口氣。

遙心想，明明好不容易貼完海報經營數學屋，總覺得和想像的不一樣。如果只是幫忙溫書，不需要開數學屋。只要請教數學老師，老師肯定會詳細教導。這不是遙想做的工作。遙想做的是不同種類——像是上次阻止男生女生吵架的帥氣工作，解決某些嚴重的問題。

遙回憶宙在地面寫字的樣子。集結數十人的注目於一身，大刀闊斧解決問題的宙。解決瞬間的掌聲如雨，享有感謝的話語。和當時比起來，現在做的工作很不起眼。

「……就是這樣。懂了嗎？」

「嗯，很清楚了！謝謝！」

當遙心不在焉的時候，問題解決了。葵滿意地微笑，交互看著課本與宙的筆記本。

「原來如此～這樣想就可以啊。不愧是宙。」

「這是小事一樁。」

宙面無表情，以鉛筆扶正眼鏡。實際上，這種程度對他來說應該易如反掌吧。畢竟轉眼之間就解說完畢。

宙果然也不滿足於只解決這種問題吧？和遙一樣想解決更嚴重的問題吧？遙如此心想，注視宙的側臉。

不過，宙面不改色、光明正大接著說：

「我覺得解決這種小煩惱，就會通往拯救世界之路。今後也不用客氣，找我商量吧。」這傢伙……遙不禁從少年身上移開目光。真希與葵也尷尬了起來。

居然說「拯救世界之路」……真是全身發癢。宙在自我介紹時也一樣，講話經常讓聽的人難為情。究竟怎樣才說得出這種話？他在這方面的感性也和一般人脫節。不過……

遙緩緩移回視線。宙沒察覺她們三人之間洋溢的微妙氣氛，繃緊嘴角挺直背脊。或許這就是他的優點……

遙輕聲微笑開口。

「既然這樣，也可以教我嗎？」

「當然可以。要教哪一題？」

遙從書包取出自己的課本。

「哪個？嗯，線性函數啊。熟練之後就簡單了。首先……」聆聽說明後，總之，這樣也不錯吧，遙如此心想。

宙的線性函數講座非常淺顯易懂。不過是否反應在段考成績就很難說。這一兩週接觸數學的機會很多，或許數學功力自然而然提升了？遙抱持期待，但事實似乎沒這麼單純。即使是聽宙說明就聽得懂的問題，還是很難獨力解開。

考試時，遙不曉得想向鄰座的宙求救多少次。

第二週的週一，數學考卷早早就發還給學生。遙為自己差強人意的分數板起臉，朝旁邊座位一瞥。

一百分。

啊啊，果然……遙看著三位數的數字，臉頰微微抽搐。但少年情緒並未明顯改變，將答案卷對摺隨手塞進書包之後，拿出書本閱讀。老師開始講解考題。宙也是一邊看書一邊聆聽講解嗎？還是沒必要聽，所以忽略？遙很在意卻無從確認。兩面旗幟飄揚作響，稍微蓋住老師的聲音。

「嗯？怎麼低著頭？」

宙稍微彎腰，詫異地窺視遙的臉。遙連忙抬頭。

「……沒事。」

實際上並非沒事。不過宙不久前才為她開課，她不敢說自己考試成績不好。包含數學以外的科目，遙都不告訴宙自己的成績。

順帶一提，宙所有科目都超過九十分。看來他真的可以一邊看書一邊聽講。

「這樣啊，沒事就好。」宙沒有特別追究，朝拉門伸出手，客氣地輕輕打開。踏進室內一步，寂靜如同海底的氣氛迎接兩人。

放學後的圖書館，空蕩到令人嚇一跳。書櫃前面或閱覽桌周圍完全看不見人影。只有一位圖書館員阿姨在櫃檯後面悠哉看書。

「哎呀？這不是神之內嗎？」

阿姨一認出宙就取下眼鏡投以微笑。笑容使她臉上的皺紋增加約五倍，卻因為過於清新而看不出老態。頭髮染成美麗的黑色，工整地綰在後方。

「這位女生是？」

「她是天野遙同學。」

「難道是你的女朋友？」

「是女性朋友沒錯，工作上的搭檔。」

「……什麼意思？」

「……請不用太在意這傢伙講的話。」

遙隨著嘆息低語，館員阿姨不知為何投以同情的目光。宙則是對兩人的互動完全不感興趣，翻找書包裡的東西。

「我要歸還這本傳記。」

「好的好的。啊，來得正好，你拜託的書送到了。」

宙取出傳記，館員阿姨就像是回想起來般輕輕拍掌。「這位叫做高斯的爺爺挺英俊的吧？」她接過書本，笑咪咪對宙這麼說。話說回來，宙像樣的朋友明明只有遙一人，究竟是用什麼方法和館員阿姨打好交情？這位少年愈來愈神祕了。

館員阿姨從宙手中接過傳記放在一旁，再從後方書櫃取出一本厚厚的書放在櫃檯。封面是如同漆器的漆黑紙張，以金色文字印上書名。

《高斯與質數》

「總覺得是很艱深的書……」

遙交互看著黑色封面與面無表情的宙。

「嗯，這是專業書籍。我請阿姨從鄰市的圖書館調書。」

「真是的，這不是國中生看的書吧？我在這裡當館員這麼久，第一次看到別人借閱這麼厚又艱深的書。好，那就拿出借書證吧。」

宙默默點頭，從制服外套胸前口袋取出白色紙卡。館員阿姨在「高斯傳記　五月十五日」這行字旁邊蓋上「已歸還」的印章，接著在下面寫上「高斯與質數　五月二十八日」。仔細一看，最上面那行寫的是「我們的城鎮　五月十五日」，這本早就歸還。

「拿去了，這不是我們圖書館的書，小心別弄丟喔。」

館員阿姨將《高斯與質數》遞給宙，即使是這裡的書，弄丟也不太妙吧？遙原本想這麼說，但還是打消念頭。館員阿姨加深臉頰皺紋露出甜美笑容，宙向她鞠躬致意──

「好，去圖書館吧。」

和上週一樣在教室角落等待客人時，宙突然這麼說。放學班會結束至今大約一小時。趴在桌上打盹的遙聽他這麼說，冷不防像是跳起來般起身。

「怎麼突然要去？」

「這本書看得滾瓜爛熟了，想去借別的書。妳也一起來吧。」宙拿著最近一直專注閱讀的《高斯與質數》起身。

「不過，我們不能同時離開這裡吧？其中一人得看店。」

「不要緊。留言以防客人上門吧。」宙說著走到教室前面，拿起一根粉筆，在黑板寫下大大的文字。

數學屋出差中，有事請到圖書館。

莫名圓滾滾、不太可靠的字體。無論是寫在筆記本或是地面，宙在哪裡寫字的筆跡都不會改變，很神奇。即使在這張大黑板，他肯定也能寫出那種漂亮的算式吧。遙坐在座位，默默眺望在深綠色壁面上躍動的白色文字。

宙後退一步概觀整面黑板，雙手抱胸滿足地頻頻點頭，然後轉身說：

「好，走吧。」

就這樣，兩人來到圖書館。

宙借到了新書，卻不知為何不想回教室。兩人在圖書館深處的木製圓桌相對而坐。大窗戶射入黃昏將近的和煦陽光。隔離學校與校外的矮柵欄另一側，看得見務農的老夫婦。

「總覺得你都在看高斯的書？」

遙稍微降低音量詢問。圖書館裡只有館員阿姨，但她還是不太敢大聲說話。在書本圍繞之下就會抱持這種心情。「嗯。」宙也像是配合遙，以低於往常的音量輕聲回應。

「他是偉大的數學家？」遙以相同音量繼續詢問。宙看著隔桌相對的遙，視線落在桌上的漆黑書籍。

「是的。這位人物在數學史上相當重要。甚至有『高斯符號』或『高斯整數』這種以他為名的數學術語。」

「哇……」

卡爾・弗里德里希・高斯。遙回想起印在傳記封面的白髮爺爺，聽宙這麼說就覺得那張臉很偉大。人臉真神奇。

「『高斯整數』非常難，不過『高斯符號』比較簡單。」宙從書包取出筆記本攤在桌上。明明沒特別要求，但他似乎要開始講解。遙雖然苦笑，依然重新轉身正對宙。

[x]

他從胸前口袋取出鉛筆，寫下如同印刷字體的工整文字。英文字母的 x 以及括號。感覺在哪裡見過，也像是第一次看見。

「這個括號就是『高斯符號』，意思是『小於括號數字的最大整數』。」低頭看著筆記本的遙僵住了。小於括號數字的最大整數，她試著在腦中複誦宙這句話，卻完全不曉得意思。宙朝遙緊繃的臉一瞥，鉛筆開始在筆記本上遊走。

「比方說如果是[2.5]，答案就是二。因為二是小於二．五的最大整數。此外像是『$[1/3]=0$』、『$[\sqrt{2}]=1$』。圓周率π大約三．一四，所以『$[\pi]=3$』。」

$$[2.5]=2$$

$$[1/3]=[0.3333\cdots\cdots]=0$$

$$[\sqrt{2}]=[1.4142\cdots\cdots]=1$$

$$[\pi]=[3.14\cdots\cdots]=3$$

隨著話語脫口而出，筆記本同時寫下算式。遙目不轉睛看著，明明原本不是整數，加個括號就變成整數。而且會稍微變小。二點五變成二、一點四一四二變成一。

「然後『$[1]=1$』。因為一不大於一本身。」

$[1]=1$

啊啊，原來「小於括號數字的最大整數」是這個意思。遙暗自低語，微微點頭。

「懂了嗎？」

「沒問題。」

遙再度點頭，這次是確定懂了。

「這個『高斯符號』，畫成圖形非常有趣。」

「圖形？」

宙以鉛筆疾書代替回應。他在剛才寫下的$[x]$前面加上「$y=$」。

$y=[x]$

「記得線性函數『$y=ax+b$』嗎？」

「嗯。多虧宙，我上次段考也考得很好。」

其實考得一點都不好，但遙情急之下如此回應，手心微微冒汗。她有點擔心被發現，但宙沒特別在意就繼續說下去。

「基本上，畫圖的方法和那個一樣。首先調查x的數值會讓y輸出什麼數值。以這個例子來說，y是『小於x的最大整數』，所以……」

x＝0　y＝0

x＝0.1　y＝0

x＝1　y＝1

x＝1.5　y＝1

x＝2　y＝2

握鉛筆的右手和說話的嘴分別運作，算式整齊排列。

「稍微簡化吧。以不等式表現x值就是……」

0≦x＜1

y＝0

$1 \leqq x < 2$

$y = 1$

$2 \leqq x < 3$

$y = 2$

$3 \leqq x < 4$

$y = 3$

宙以難以置信的速度，完成一絲不苟的算式。他的速度以及整齊的字串都非常美麗，令人看再多次都忍不住讚嘆。

「y對應x的整數部分。像是『x=0.1』或『x=0.99』，總之只要x除去小數的值是0，y就永遠是0。不過x到達1的瞬間，y也會成為1。之後不斷反覆。x的整數部分加一，y也加一。依照這個原則，畫出橫軸x以及縱軸y的圖形就好。」

宙說到這裡，在並排算式旁邊的空白處，分別畫一條直線與橫線，剛好交叉為十字。這應該就是「橫軸」與「縱軸」吧。宙在十字線畫分的右上區域，不使用尺規就精準畫上四條線。

「這就是『y＝[x]』的圖形。其實往上往下都是無限延伸，但因為會沒完沒了，所以我只畫出一部分。」

這是個神奇的圖形。遙至今看過直線延伸的線性函數圖形，以及描繪拋物線的二次函數圖形，兩種都明顯和眼前圖形不同。形狀當然不一樣，但遙覺得不止是這種表面上的差異，還有某種基本上的差異。

「總覺得這個圖形好怪。」

「嗯。x是持續增加，y卻是突然增加，所以線條不連續。沒看過這種圖吧？」

遙沒回應，只有稍微歪過腦袋。她確實沒看過這種圖，但是不止如此。這個斷斷續續的圖形，還隱藏某種不同的「東西」。遙如同觀察混濁的水面，目不轉睛注視圖形，但無論如何都看不出深處玄機。

「這叫做『非連續函數』。國中學的都是連續函數，但數學也有這種奇怪的函數。」

「好像階梯耶……」

遙低語之後，宙看向筆記本。就這麼不發一語一直注視圖形。雲似乎剛好經過太陽前方，整間圖書館變得像是拉上窗簾般陰暗，立刻再度變亮。

「說得也是。」

宙如同以指尖小心翼翼撕掉寂靜的薄膜，以緩慢語氣回應。

「雖然叫做『非連續函數』，卻也是一種圖形。即使不連續，依然繼續。因為這條階梯是無限延伸。」

高斯符號的圖形。往上往下都無限延伸為斷斷續續的階梯……遙在窗外射入的和煦光粒中，一直注視著這張圖。

接下來的週一，同樣沒客人上門。教室傳入淅瀝的雨聲，沉澱著潮溼的空氣。

掛在黑板旁邊的月曆已經翻到六月。

「在製作什麼東西？」

宙深感興趣地注視遙的手。眼鏡後方的雙眼骨碌骨碌地轉，如同食物當前的松鼠。

「意見箱。」遙以美工刀割著方格紙板回應。「圖書館會擺放徵求書單的箱子吧？我看到之後就想到這個點子。」

「嗯。要徵求什麼意見？我們不是圖書館，也不是書店。」

「並不是要徵求意見。我想收集的是委託。」

「委託？」

宙瞪大眼睛看著遙的側臉。遙沒抬頭就繼續說下去。

「我們是週一開店，但是只有週一有空的人能來吧？像是真希與葵，也是因為週一社團休息才會來。她們和我一樣是壘球社。」

遙割好紙板之後收起美工刀刃，沿著剛畫下的刻痕摺方格紙板，將平坦紙板製成方盒。

「所以我要為這樣的人製作諮詢箱。有煩惱但是週一沒空的人，就寫下煩惱投進箱子，我們等到週一再打開，思考解決方法。」

「不過，如果問題很複雜怎麼辦？光靠書信往來也有極限，說不定必須當面交談，才能收集到必要的『數值』。」

「在這個時候，回信說『想要當面講』就行吧？所以看來需要製作兩個箱子。收集大家信件的箱子，以及我們回信用的箱子……呃，咦？摺不出箱子……」遙轉動手中摺彎的方格紙板歪過腦袋。明明切割成可以摺成立體方盒，卻不知為何出現縫隙。這樣的話，難得收到的信件會從箱子裡露出來。

「我看看……？嗯，看來展開圖畫錯了。這樣沒辦法摺成漂亮的立方體。」

「怎麼這樣～」

遙將沒完成的箱子扔到桌上，發出像是要哭出來的聲音。不對，實際上她很想哭。感覺像是快抵達終點時退回起點，頓時全身無力。

「還有方格紙板嗎？我好好畫一張展開圖，再摺一次吧。我也會幫忙。」

宙說完，從遙的桌上拿起這個疑似箱子的物體。他以雙手轉動，從各個角度檢視，嘀咕說著「這一邊太短……」或是「也需要膠水……」等話語。遙一邊感謝，一邊覺得沒辦法獨力完成這種事的自己很丟臉。

遙嘆口氣，從百圓商店塑膠袋取出第二張方格紙板。此時教室前門剛好打開，某人進入教室。遙與宙同時看向前方。

「數學屋是這裡沒錯吧？」

「嗯，這裡是數學屋。是客人嗎？」

詢問的人沒回應，只是靜靜走過來。步伐相當緩慢，甚至讓人以為他在計算步數。

他走到遙與宙的桌子前方，不發一語坐在前面的座位。椅子面向黑板，因此他是將雙手放在椅背，雙腳隨意打開。三分頭的髮線微微冒出汗珠，短袖上衣的袖口露出曬成褐色的粗壯臂膀。

「我要商量一件事。」

翔毫無開場白就這麼說。

「……唔～換句話說，你現在得負責設計棒球社的訓練表？」

「對。」

遙在腦中整理之後，像是確認般詢問，翔立刻回應。

「三年級下個月就退休。我這個下屆隊長開始帶球員練習，為將來做準備。」

「可是二年級不配合？」

翔朝遙一瞥，低頭咬著嘴唇。

「嗯，沒錯。下令的我是同年級，所以他們老是摸魚。練跑的時候尤其誇張。就算我下令跑操場十圈，也有人只跑三、四圈就躲到校舍後面休息，等別人快跑完再慢吞吞出現，若無其事跟大家會合。簡直胡鬧。」翔一鼓作氣說完，看向窗外。雨勢絕對不算大，卻以穩定的節奏下個不停，未曾減緩。

「今天下雨，沒辦法跑步，所以我才能早早結束練習過來這裡。原本應該每天都要練體能打好基礎才行。」

「練跑很單調，卻是強化下半身的不二法門。」

說出這番話的人，出乎意料是宙。翔微微揚起眉角。

遙明知這個問題很沒禮貌，卻不得不問。宙居然具備運動相關的知識。

「宙，你知道這種事？」

「我好歹也知道這種基本常識。」

「即使連棒球和壘球的差異都不曉得？」

遙說完，宙就吞吞吐吐，不知道在嘀咕什麼。他似乎在辯解，不過很遺憾，遙聽不到。難得看到宙這個樣子。遙看著像是枯萎花朵的宙，輕聲一笑。

「能想辦法讓那些傢伙認真練習嗎？」翔回到正題，稍微提高音量地問。

「用那種……『數學之力』。」

「不可能吧……因為和數學無關啊？」遙歪過腦袋回應。

相較於考前溫習，這確實比較像是遙想解決的「大問題」。不過老實說，遙不認為數學能解決這種問題。出現的數字只有練跑的圈數，實在無法用來解決問題。

唉～明明難得有客人上門……遙垂頭喪氣。

「我知道這是強人所難。」翔無視於早早就放棄的遙，低聲這麼說。

「但我沒別的方法了。」

「咦？什麼意思？」

遙不禁尖聲詢問。翔只轉動眼珠看遙一眼，接著看向宙。戴眼鏡的少年動也不動等待他說下去，簡直像是銅像。翔先是欲言又止，接著下定決心說：

「知道我有個哥哥吧？」

「唔～我好像聽過。」

「知道我哥是棒球社的現任隊長嗎？」

「……這我就不知道了。」

遙聳肩朝宙使個眼神。但宙當然不可能知道這種事。兩人轉頭相視，再一起看向翔。三分頭少年微微揚起單邊嘴角。遙無法判斷這是笑容還是有其他含義。

「換句話說，就是這麼回事。大家動不動就拿我哥來比較。那個傢伙功課好，也是社員信賴的隊長。我再怎麼努力，也會聽到別人說『你哥做得更好』。三年級尤其明顯。他們好像暗中也會說我壞話。」

翔整個人靠在手臂下方的椅背，縮起上半身愁眉苦臉，露出不像他會有的軟弱模樣。

「說來丟臉，二年級不肯聽話，是因為瞧不起我。他們覺得我和我哥不一樣，沒有領導能力。」

自卑感……遙在心中低語。

弟弟一直被拿來和成材的哥哥比較。遙沒有兄弟姊妹，不曉得實際的狀況，但是自己的評價總是以別人當基準，她大致能想像這樣多麼難受。再怎麼努力，有個人也一定跑在前面。從懂事開始，非得背負一年分的差距永遠輸下去。

午休時間管理男生們的翔，以及獨自跑操場的翔。遙腦中同時浮現這兩個身影。表面看起來完全相反，但都是基於「想贏哥哥」的念頭吧。或許這就成為硬幣的兩面，將翔塑造為難以捉摸的人。

「哥哥像是大樹。」翔維持悲痛的表情說下去。

「我跑得再遠，也沒辦法脫離大樹的樹蔭。就算這樣，我也沒辦法跳過這棵樹。我好丟臉，居然因為自己一個人做不到就依賴你們，我這樣會被暗中說壞話也是活該。」

「沒那回事。」

至今保持沉默的宙突然插嘴。仔細一看，宙隔著眼鏡正面注視翔。他的聲音不算大聲卻堅定無比，如同驅逐雨聲般在教室響起。

「依賴別人絕對不是丟臉的事。你做你能做的事就好。因為我也會專心做我能做的事。」

他說完，輕輕按著自己的胸口。

「我能做的事情有限。我不適合畫海報或拿圖釘，我只擅長數學。不過，只要和數學有關，我就做得到。我會以數學幫助你。」

他高聲宣誓。不是「拯救世界」或「阻止紛爭」這種冠冕堂皇的話語。宙決定為了幫助一名少年而挑戰大樹。

「可是……這個問題和數學無關啊？就算是宙……」

「世界上，沒有任何問題和數學無關。」宙如同消除遙的擔憂般斷言。這句話充滿自信，找不到質疑的餘地。

「只是因為相連的方式太複雜或是太瑣碎，我們才沒有發現。只要找出連結，任何問題都能解決。」

宙從書包取出筆記本，從胸前口袋抽出鉛筆。這是宙做生意用的工具。他光靠這兩個道具，就能對付各種難題。

「如何讓別人做自己不想做的事……記得肯定有方法……」

宙將筆記本放在桌上，以鉛筆筆尾抵著太陽穴，閉上眼睛低語。遙與翔默默看著他。兩人壓低呼吸，動也不動，以免些許雜音妨礙少年思索，靜心等待。只有雨聲擾亂教室的空氣。

令人難以置信的是，宙就這麼動也不動超過十分鐘。

該不會變成石頭吧？遙終於擔心起來。悄悄往翔一看，翔也不安地看著遙。

就在遙按捺不住想開口時，宙的嘴唇終於動了。如同堅硬的冰塊融化，緩緩開口。

「……想做的事……」

「啊？」

遙與翔幾乎反射性地反問。兩人身體前傾，豎起耳朵，以免聽漏後續的話語。

「偷懶不練跑的人也想做的事。有沒有這種練習？」

宙這次是睜開眼睛詢問。大概是因為剛才一直閉著眼睛，他像是覺得刺眼般眨了眨。

翔手抵下巴思索片刻，推敲宙這個問題的用意。接著他看向下雨的天空，再度將視線移回宙，像是對自己確認般低語。

「打擊練習吧。」

「打擊練習……」

宙瞇細雙眼注視翔，複誦他的話語。翔停頓片刻之後說下去。

「偷懶不練跑的傢伙，也只在打擊練習的時候想多打幾球。不過每個人分配的球數早就固定了。」

遙非常能理解翔的說法。遙也喜歡打擊練習，比起單純的跑步有趣多了。可是，這究竟又能怎麼樣？遙歪過腦袋。

「嗯，就是這個。」宙聽翔說完，露出甜美的微笑，打開筆記本的空白頁面愉快宣布：「利用打擊練習就能解決。」

「知道什麼是『囚徒困境』嗎？」

「那是什麼？」翔蹙眉反問。宙朝遙一瞥，但她當然不可能知道。宙看見遙搖頭回應之後閉上眼睛，微微抬起頭，就這樣沉默下來。

遙不曉得宙在腦中整理什麼思緒，看起來像是潛入深沉的意識底部。兩人屏息等待他下一句話。大概經過整整一分鐘吧。遙再度擔心他，想開口搭話的時候，少年閉著眼睛開口。

「很久很久以前，兩個男性因為強盜殺人的嫌疑被警察逮捕。」

宙的語氣感慨萬千，如同述說多年前的記憶。遙與翔不禁轉頭相視。

「把這兩人稱為嫌犯A與嫌犯B吧。」

如同小學生在老師面前背九九乘法，或是神父在聽眾面前祈禱。宙從記憶深處慎重挑選話語述說。不是以往平淡的說話方式。

「證據顯示A與B都犯下強盜罪，卻沒有證據確定他們殺人。警察逼他們招供，但兩人當然都沒招供，堅持自己只有搶劫沒殺人。此時，負責偵訊的警官對嫌犯們說：『如果招供，我就破例減少刑期』。」

宙說到警官的台詞時，聲音不自然地含糊，聽不太清楚。他似乎想演戲，不過很遺憾，聽起來只像是鬥牛犬感冒的吼聲。這樣的差距使得遙不禁差點岔氣。看來宙雖然擅長說故事，卻不擅長唸台詞。遙忍笑打斷宙的話語。

「擅自減刑沒關係嗎？」

她說著悄悄往旁邊一看，翔也忍笑到嘴唇扭曲，肩膀顫抖。大概是因為閉氣忍笑，曬成褐色的整張臉微微泛紅。

宙終於張開眼睛，交互看著兩人。但他當然完全沒察覺兩人在忍笑。

「現在當然不能做這種事，刑期是由法官裁決。不過這是很久以前的事。」他的語氣恢復為一如往常的平淡。遙下意識鬆了口氣。

「警官提出這樣的條件。數字是A與B的刑期。」

鉛筆在筆記本上迅速遊走。圓滾滾的漢字與平假名、如同印刷字體的精密英數文字，排列成美麗的字串。

A與B都招供：（A、B）＝（8、8）

A招供、B否認：（A、B）＝（3、10）

A否認、B招供：（A、B）＝（10、3）

A與B都否認：（A、B）＝（5、5）

「呃～換句話說，要是兩人都招供，刑期就是每個人都八年？」

「嗯，就是這樣。」

「喂，等一下，完全沒少吧？如果A與B都否認，兩人的刑期都是五年啊？要是刑期延長三年，沒人會招供吧？」

翔說得對，強盜殺人罪的刑期當然比強盜罪長，這麼一來，兩人應該都不會招供。哪裡搞錯了嗎？不像宙的作風。

遙偷看宙的側臉。他一如往常面無表情，甚至看不出他是從容還是慌張。少年維持戴面具般無色透明的表情靜靜低語。

「不過，兩人都非得招供才行。」

宙斷然回應，語氣聽起來毫無迷惘或不安，只是平淡陳述事實。

「為什麼？」

翔詢問宙。他的語氣堅定，如同表示自己無法接受。但遙的想法和他一樣。因為要是兩人都招供，就一定比沒招供多關三年。何況應該也不會只有一人招供。沒人願意在牢裡關十年吧。要是一人招供，另一人肯定也會毫不猶豫招供。

「要是兩人說好一起否認犯行，刑期確實只有五年。」

即使兩人明顯投以質疑目光，宙依然面不改色，以指尖撫摸筆記本上「A與B都否認：（A、B）=（5、5）」這一行。

「不過，如果兩人被關在不同房間，狀況就大不相同。兩人絕對不可能否認犯行。」宙說完，翔恍然大悟般睜大雙眼，迅速看向筆記本。但遙還是聽不太懂。關在不同房間？這麼做究竟能怎樣？

宙交互看著兩人，確定兩人反應的差距。翔雙手抱胸注視筆記本、遙微微張嘴愣住。宙點了點頭，以鉛筆筆尾扶正眼鏡。

「A和搭檔隔離接受偵訊。他心想，如果B招供怎麼辦？到時候如果A也招供，刑期就是八年，但沒招供的話就是十年，所以招供當然比較好。」

原來如此。遙比較筆記本上的數字之後微微點頭。考量到搭檔可能背叛，乖乖招供比較好。可是……

「如果A打從心底相信搭檔呢？如果他相信那個傢伙絕對不會背叛……」

即使是搶匪，也不一定會懷疑彼此。這個搭檔或許是莫逆之交，說不定是兄弟。這樣的話，即使信賴對方也不奇怪。遙筆直注視宙眼鏡後方的雙眼。

「在這種狀況也一樣。」

受到遙注視的宙，沒停頓就立刻回答，如同這個問題完全如他預料。他筆直沿著解決之道往前衝，就像是走在已經鋪好的鐵軌。

「美麗的信賴關係當然可能存在。不過妳想想，在B持續否認的狀況下，如果A也一起否認，刑期就是五年，但要是招供就變成三年。」

「咦？」

遙急忙看向筆記本。如果是B否認的狀況，也就是B可以信賴的狀況。「A與B都否認：（A、B）＝（5、5）」，「A招供、B否認：（A、B）＝（3、10）」。否認的話五年、招供的話三年……

「你們懂了吧？」

宙依序看著遙與翔這麼說。翔閉著眼睛默默點頭，遙盯著筆記本沒反應。即使如此，宙依然完全沒有著急的樣子，靜靜看著遙。

終於……

「……我懂了。」

遙緩緩抬頭，表情清新，像是去除內心的某種芥蒂。宙滿意地點頭，以鉛筆扶正眼鏡。

「就是這樣。和B有沒有招供無關，無論如何，A招供都比較有利。B當然也是一樣的狀況。無論A招供或否認，B招供的刑期都比較短。」宙說到這裡停頓，咧嘴一笑，指尖轉了鉛筆一圈。

「所以到最後，A與B明知一起否認可以縮短刑期，卻肯定都會招供。這就是『囚徒困境』。」

「囚徒……困境……」

遙像是細細品味般複誦。

「這個理論的構想本身完全是數學性質，卻也運用在政治學或經濟學，也稱為『賽局理論』。有一門學問運用這個理論，研究國際戰爭爆發的機制，在這種狀況……」

宙張開雙手高談闊論。不妙。遙感覺這是一種危險訊號。不知為何，話題朝著經濟或戰爭這種莫名艱深的方向進展。要是沒在適當時機插嘴，不曉得他會講到哪裡去。遙注視宙的嘴角，等待插嘴的時機，但她找不到像樣的話題停頓點。宙的臉頰與耳尖微微泛紅，似乎激動到忘我。遙就這麼半張著嘴，持續將宙永無止盡的話語當成耳邊風。

「差不多該回到正題了。」

低沉簡短的聲音投入話語的洪流。宙滔滔不絕的嘴，以這個聲音為契機突然停止。整間教室沉默下來，一點餘音都不剩，連敲打窗戶的雨聲也像是來自遠方。翔暫時閉著雙眼，彷彿在確認周圍聲音消失。遙不禁嚥了一口口水。感覺連這個聲音都響遍教室。空氣緊繃到彷彿刺痛鼓膜。

「經濟或政治這種東西，一點都不重要。」

翔終於開口了。聲音細微卻有力，如同從無聲的世界底部緩緩湧現。

「至少對現在的我不重要。『囚徒困境』該如何運用在棒球？你已經想到這一步了吧？」

宙看不出情感的透明視線，翔如同刀刃般犀利的視線，兩隻眼正面相視，兩人雙眼正面相視。遙屏息看著他們。接著，宙緊閉為一條線的嘴突然往側邊拉長。眼鏡後方的雙眼稍微變大，射出光輝。

「開場白太長了。」

宙在自己面前伸直食指。位於食指兩側的雙眼更加閃亮。

「運用這個理論，就能解決你的問題。」少年露出潔白的牙齒，得意洋洋地宣言。「就命名為『棒球社員困境』吧。」

遙感覺自己的指尖在顫抖。她之前就看過這傢伙露出這種笑容。我第一次找宙說話的那天，宙說明質數與無限的那一天……記得那天的宙也是露出這種笑容。

「『招供』跟『練跑』，都是『逼別人做不想做的事』。『囚徒困境』可以直接套用在棒球社的狀況。」

「做得到這種事？」

「做得到。」

宙掛著笑容，立刻回答翔的疑問，並且像是吩咐自己般，以細微卻清楚的音量低語。

「我不再拐彎抹角了。」

遙心跳加速。指尖的顫抖隨著加速的血流擴張。這股顫抖循序撫遍遙的全身，如同吹過一陣風的草原，或是投入小石頭的水面。

「這次不是嫌犯，是棒球社員。總之就用社員A與社員B來思考吧。」

宙目不轉睛注視翔的雙眼，確認翔沒移開目光，停頓一陣子才繼續說下去。

「A與B都不想練跑，所以你對兩人這麼說：『要是不練跑，就減少打擊練習的量。』」

「設定罰則是吧。」

「這樣就能順利解決嗎？」

遙與翔各自這麼說。宙如同享受兩人的反應般頻頻點頭，以鉛筆扶正眼鏡說：

「這時候就輪到『困境』出馬。只要將打擊練習的量，設定成練跑絕對值得就好。我想想……假設以往每人的打擊練習都是三十球……」

宙還沒說完，鉛筆就開始在筆記本上遊走。漆黑的筆芯如同滑冰選手描繪複雜的軌道，從左方穿梭至右方。

A與B都練跑：（A、B）＝（30、30）

A練跑、B偷懶：（A、B）＝（40、20）

A偷懶、B練跑：（A、B）＝（20、40）

A與B都偷懶：（A、B）＝（30、30）

「數字是打擊練習的球數。在B偷懶不練跑的狀況，A如果練跑，可以比偷懶多練習打十顆球。如果B認真練跑也一樣。無論如何，有練跑的人可以多練習打十顆球。」

宙快速說完之後，遙讓大腦全力運作。她盯著筆記本，花時間仔細推敲宙的話語，以及筆記本上的每個條件。

唔～從B偷懶的狀況開始思考吧。要是A也偷懶，打擊練習是三十顆球，相較之下，練跑的話是四十顆球。練跑確實比較划算。那如果B認真練跑呢？這時候，A偷懶的話是二十顆球、練跑的話是三十顆球，確實也是練跑比較划算……！遙不得不努力調整呼吸。心臟跳得好快，全身不斷發抖。明明不冷，卻知道自己起了雞皮疙瘩。

轉頭一看，翔張著嘴目不轉睛盯著筆記本。這副樣子看起來很白痴，但他似乎無暇在意，只專注在眼前這一幕。

「『棒球社員困境』，用這個方法就解決了。」

宙吐出長長的一口氣，將鉛筆收回胸前口袋這麼說。

「接下來當然是你的工作。球數是我剛才隨便定的，但我覺得必須再慎重調整一下。也得想辦法確定誰在偷懶。」

「啊……啊啊。說得也是……」

翔驚覺般抬頭，但他似乎被震懾住了，眼睛瞪得像彈珠那麼圓，茫然注視宙。

遙好不容易調整好呼吸，再度看向筆記本寫的「棒球社員困境」。棒球與數學，乍看是無關的兩個世界，但連結兩個世界的解法就在眼前。她鼻頭發癢，文字變得模糊，淚水轉眼盈眶，從兩側眼角各流下一顆淚珠，滑落臉頰。

「好厲害……」

這句話自然脫口而出。光是協助溫書還不夠？想解決更大的問題？遙如今覺得執著於這種事情很蠢。她的內心就是受到此等震撼。

聽到這句話，宙臉紅了，視線游移不定。

「嗯，那個……但我完全沒使用艱深的定理。『囚徒困境』是小時候，我爸在我睡前說的小故事。除此之外還有『說謊的克里特島人』、『狼與羊怎麼渡河』等等……」

不知道是遮羞還是怎樣，宙說起完全無關的事。遙輕聲笑著以指尖拭去眼角的淚水。

「謝謝你們！」

來店的女生說完深深鞠躬道謝，笑著離開教室。遙揮手目送她。

「棒球社員困境」的問題解決之後，現在是兩週後的週一。

「太棒了！太棒了！」

女生身影消失之後，遙蹦蹦跳跳回到靠窗後方的座位。剛才的女生是今天第三位客人，生意好到難以置信。

肯定是「操場二等分」或「棒球社員困境」的事件，由某人大為讚賞傳出去，數學屋開店至今一個月，生意總算步上軌道。但因為是免費諮商，所以沒賺錢。

「宙，太棒了！數學屋開始受歡迎了！」

「嗯。」

遙興奮地尖聲大喊，相對的，宙的語氣非常平靜。遙不服氣地鼓起右邊臉頰。

「宙，你稍微高興一點啦。」

「我的能力還不夠，沒辦法一直高興下去。」

宙簡短回答之後闔上筆記本，一如往常取出書本閱讀。他態度冷淡並不稀奇，但總覺得今天和以往不太一樣。

「是在意棒球社的事情嗎？」

「並不是這樣。」即使遙詢問，宙依然看著手上的書，有氣無力地回應。遙不得已只好默默坐在宙身旁。

他不甘心嗎……？遙如此心想。

今天午休時間遇見翔的時候得知，棒球社接納翔的提議，採用「兩人一組相互監視」的方式。要是其中一人練跑時偷懶，另一人打擊練習的球數會增加。這是依照「棒球社員困境」設計的理想練習方法。為了練習打擊，所有人練跑時都不會偷懶。

……本應如此。

看來還是沒能根絕偷懶的惡習。有時候其中一人忘記監視，有時候兩人一起偷懶……無法像是在筆記本上解題一樣輕鬆搞定。不斷降下的雨敲打窗戶，不允許教室沉默。六月即將進入後半，正值梅雨季節。今天終究得中止練跑吧。

「不過啊，翔說社團正在一點一滴改變喔。雖然還是有人偷懶，但練習態度逐漸變好。」遙如同安慰般這麼說。宙稍微從書本抬頭，看向窗外。或許是在找棒球社。不過溼透的操場杳無人煙。

宙表情微微一沉，再度低頭看書。遙見狀微微嘆氣。

他某方面也相當孩子氣呢……

「還有，翔要我轉達一句話給你。」

「轉達給我？」

遙的話使得宙略感意外地回應。他眉毛上揚，下方的雙眼目不轉睛看著遙。遙筆直看著他清澈的雙眼。

「他說：『上次忘記道謝，謝謝你。』」

宙聽完瞪大眼睛愣住，最後只輕輕發出「嗯……」的聲音，就低頭繼續看書。感覺他的嘴角稍微放鬆了。

「啊，你在害羞？」

即使遙咧嘴詢問，宙也只是默默看書。不過看起來似乎臉頰泛紅。

「講幾句話啦～」遙快樂地說著，輕拍宙的肩膀。拿著書的宙難為情般，整個人轉向窗邊。

啊啊，他果然是國中男生。

遙因為宙總是面無表情，如同機械正確完成計算，所以她搞半天才了解宙的感覺。遙莫名覺得開心，頻頻拍打背對她的宙肩膀。就在這個時候……

半開的門突然發出喀拉喀拉的聲音開啟。兩人嚇一跳看向前方。

「神之內在嗎？」

仔細一看，木下老師從前門進入。

「神之內，你母親來找你。她好像要交代事情，到教職員室一趟吧。」老師在門口以活力充沛的聲音告知。

「我媽……？」

幾乎在宙疑惑低語的同時，一位嬌小女性無聲無息從木下老師身後出現。是身穿淡粉紅色毛衣加深藍色長裙的女性。裙襬被雨水打溼，縮起來緊貼腳踝，凸顯出訪客穿的綠色拖鞋。雖然從衣著來看很年輕，但頸子與眉心刻著深深的皺紋，給人憔悴的印象。她雙腳併攏，雙手交握在腹部。

這位就是宙的媽媽……

她皺眉掛著為難表情，目不轉睛看著這裡不發一語，卻也沒有離開的意思，像是精美的娃娃佇立在原地。

宙掛著疑惑的表情緩緩起身。

「會是什麼事？」

遙察覺到詭異的氣息，微微起身詢問。宙背起書包回應。

「不知道。在前一所學校，我媽也來過好幾次。雖然不是需要特地跑一趟的急事，但我沒手機。」宙語氣平淡，聽起來卻和平常不太一樣，有種不太在乎的感覺。遙看向窗外。雨勢比剛才強，朝著窗戶撲打，似乎也起風了，如同巨人鼾聲的奇妙聲音甚至傳進教室裡，窗框發出喀噠喀噠的聲音搖晃。

宙略顯遲疑地走向站在門口的老師與母親。但他走沒幾步就突然停下腳步，轉頭對遙說：

「我離開一下。不好意思，可以在我回來之前單獨看店嗎？」

「可以是可以，不過如果客人來呢？」

遙擔憂地詢問，宙微微看向前方，然後同樣只轉頭回應：

「如果客人有空，就請他等一下。我應該很快就會回來。」

遙突然受命負責看店，卻想不到要做什麼事。這裡和一般店家不同，不用檢查貨架，也不需要整理收銀機的錢，只要坐著等客人上門。遙不經意地注視自己不斷握緊又放鬆的雙手。

除了雨聲持續響著，聽不到任何類似聲響的聲音。

「請客人等宙回來……嗎……」遙凝視自己的手，輕聲呢喃。

「確實，我能做的只有打雜吧……」

數學屋的副負責人。完全名不副實。遙想到這裡就苦笑。齒間透露出無力的嘆息。這種頭銜當然不具意義。只是為了獲准貼海報而掛名。遙知道這一點。自以為知道。

何況，她是覺得這樣也無妨而開始協助宙。自己能做的或許不到九牛一毛，即使如此，她還是想見證宙所走的路，想親眼確認數學是否真的能拯救世界，如此而已。她打從一開始就不認為自己能幫上什麼忙。然而……

宙也是極為理所當然的平凡人。會平凡地笑、平凡地懊悔，也會平凡地害羞……和我一樣是國二學生……

「我也想幫上宙的忙……」

夾雜嘆息的低語，被敲打窗戶的雨聲攪亂，沒傳入任何人耳中就消失。遙就這麼坐在椅子上，用力伸個懶腰。椅子前腳離地，椅背嘰嘰作響。看向時鐘，指針顯示五點整。

「宙好慢啊……」

遙低語之後，發覺視野一角不對勁。擦得乾乾淨淨的黑板、沒人坐的桌椅，教室看似從今天一整天的活動中還原，休養生息準備明天的到來。然而，只有一個地方不一樣。某處殘留著某人活動過的痕跡。

「這是……」

遙注意到旁邊的書桌，也就是宙書桌裡冒出的幾本書。她迅速環視教室，確認沒人之後下定決心伸出手。傳來一種粗糙的觸感，以及一種光滑的觸感。

擺到桌上一看，是一本黑色封面的厚重書籍，以及一本隨處可見的筆記本。

「這是宙的筆記本……以及在圖書館借的……《高斯與質數》？」

遙輕聲說著，拿起燙金印上書名《高斯與質數》的厚重書籍。仔細一看，書的上方露出粉紅色的自黏便箋。借書時不會附上這種東西，肯定是宙貼的。看來正中央區域的頁面記載某些重要的內容。

「宙正在讀什麼？」

好奇心在遙的內心萌芽。宙的所作所為，她當然不可能全部理解吧。不過這本書的書名是《高斯與質數》。宙也教過遙質數以及「高斯符號」。

說不定，自己看得懂一點點。

而且……若能盡可能和宙拉近距離……

或許，我也幫得上宙的忙。

遙隨手翻開貼著便箋的頁面。真的只是隨手、隨興翻開。

思緒停止，腦中一片空白，甚至好一段時間才感到驚愕。

「……這是什麼……？」遙好不容易嘶啞說出這句話。

映入眼簾的是短短的算式。不，遙不確定是否該稱為算式。她整條算式都看不懂。如同面對只在世界盡頭使用的夢幻語言，只感覺得到絕望感降臨。

她唯一看得懂的，是標示在這條奇怪字串旁邊的名詞。應該是算式的名稱。

「質數……定理……？」

$$\pi(n) \sim \frac{n}{\log n} \quad (n \to \infty)$$

沒有「+」、「−」、「×」、「÷」，甚至也沒有「=」。上頭沒有任何一個遙熟悉的數學符號。她只勉強看過「π」與「n」，卻也完全不曉得是什麼意思。何況質數為什麼和圓周率的「π」有關？

還有最後那個符號。「∞」應該是那個「∞」吧。應該是經常在漫畫裡頭看見的那個符號。不過，若是如此……

遙現在看見的這條「質數定理」，或許顯示著某個天大的真相。

遙顫抖翻開筆記本。宙幫遙擬定「省錢計畫」時的計算；「棒球社員困境」的方程式。宙至今以數學家身分活動的軌跡，鉅細靡遺地記載在上面。

但若綜觀整本筆記本，這只不過是冰山一角。從熟悉的頁面翻過一頁，隨即是一片遼闊的異質世界。上頭是宙一如往常的字跡。如同印刷體的數字與英文字母；圓滾滾的漢字、平假名與片假名。但是字的排列組合，和遙所在世界的用法截然不同。這正是「數學世界」的「數學語」。

　　黎曼猜想：$\zeta(s)$的非平凡零點s，實數部分皆位於½的直線上。

　　不過，ZETA函數$\zeta(s)$是「$\zeta(s)=\frac{1}{1^s}+\frac{1}{2^s}+\frac{1}{3^s}+\frac{1}{4^s}+\cdots\cdots$」。

以鉛筆寫成的諸多算式中，紅色原子筆寫下的這兩行，釋放出獨樹一格的存在感。遙從未看過宙使用鉛筆以外的筆。這肯定是某種非常重要的事吧。但遙完全不明就裡。即使如此，遙依然沒死心，審視這兩行字所在的頁面。筆記本塞滿了未知的語言。她忍著眼花的感覺，一行行仔細地逐字閱讀。抱著一絲希望，拚命想在其中找出某些近似意義的東西。

然後，遙在這一頁的最下方找到了。這條算式下方，就是她要找的東西。

歐拉乘積：$\frac{1}{1-\frac{1}{1^S}}\times\frac{1}{1-\frac{1}{3^S}}\times\frac{1}{1-\frac{1}{5^S}}\times\frac{1}{1-\frac{1}{7^S}}\times\cdots\cdots=\frac{1}{1^S}+\frac{1}{2^S}+\frac{1}{3^S}+\frac{1}{4^S}+\cdots\cdots$

遙當然不曉得「歐拉乘積」代表什麼。但遙目不轉睛地看著寫在下方像是備忘錄的文字。「歐拉乘積」四個字拉出一根箭頭，箭頭前方確實寫著這兩行字。

歐拉乘積＝ZETA函數

拯救世界！

算式的內容，遙連一丁點都無法理解。

不過，她只明白一件事。

那名少年，已經開始為了拯救世界做準備。

問題四

試解開戀愛不等式

「看來，有煩惱的人……」宙目不轉睛注視桌面說，「比我們至今想像的還多。」

遙看著宙嚴肅的表情，接著循著他的視線看去，摺起來的紙張堆成一座小山。桌子一角擺著像是募捐箱的灰色長方體。

「比起直接來商量的人多好多。可能是不好意思當面講，也可能只是時間沒辦法配合。」

宙拿起一張紙，湊到眼鏡前面凝視。遙當然不知道這麼做有什麼意義。

「無論如何，諮詢箱就是為了這些無法直接來的人設置的。收到信就代表這個作法成功了。」遙說著拿起其中一張紙，發出沙沙的聲音打開。宙也跟著打開信。兩人逐一檢視每封信的內容。

六月即將步入尾聲，諮商的客人持續增加。

從數學作業的疑問，到日常生活的煩惱。包括能以數學解決的問題，以及實在不像是能以數學解決的問題，宙每次都算出確實的解決方法。名聲愈來愈響亮，上門的人愈來愈多。像是今天，一開店就有好幾位客人前來，只能請他們排隊。

如今，客人已經全部接待完畢。

總算閒下來的遙與宙，試著打開「數學屋」提供的新服務——「諮詢箱」。

這是從圖書館的徵書箱得到靈感，從上週開始設置的東西。雖然是以方格紙摺成的陽春箱子，卻沒想到光是把箱子放在走廊，就收到這麼多要諮商的問題……

「第一封是……嗯，是關於學校作業的問題。圖形問題啊……幸好信裡畫了圖，很好解答。」

「唔哇！這個人居然問：『要怎麼樣才能讓數學變好？』」

「這個問題真籠統……那麼，接下來是社團的煩惱。或許可以應用『棒球社員困境』。」

兩人逐一打開大量的信件閱讀內容。雖然混入一些講風涼話的信，但大部分都是正經的諮商。如宙所說，有煩惱的學生比比皆是。兩人將信件全部看一遍之後，遙將一疊活頁紙遞給宙當信紙用。

「首先從『要怎麼樣才能讓數學變好？』開始吧。」宙從胸前口袋取出鉛筆這麼說。

「妳可能已經發現，信裡完全沒寫具體的『數值』，得回信重問一遍才行。」宙取出一張活頁紙，以一如往常圓滾滾的文字寫起問題。遙默默看著他寫字。

「每天花多少時間學數學……上次段考考幾分……還有現在是怎麼學數學……」

宙一邊嘀咕，一邊條列數個問題之後抬起頭。

「嗯……還需要什麼『數值』呢……」

宙輕聲自言自語之後，像是想到什麼般摸索書包。緊接著，他拿出那本熟悉的筆記本，緩緩在桌面攤開。遙的心臟用力跳了一下。

「啊……那本筆記本……」

「嗯？」

宙轉過頭來，微微揚起眉角。遙往他手邊一看，開啟的頁面是全新的，一片空白。乍看只是隨處可見的平凡筆記本。但是往前翻一頁就展開另一個世界，遙無法不去注意這一點。她的呼吸變得急促，感覺自己的脈搏就在耳際跳動。

「筆記本怎麼了？」

宙以清澈的雙眼看著遙詢問。

後來宙回來時，遙已經將筆記本與書放回原位，所以這名少年不曉得遙偷看過筆記本。遙想詢問那天看見的神祕算式。不過在同一時間，潛藏在她內心深處的本能，大聲主張別知道比較好。兩種情感對抗到最後一刻，結果其中一方戰勝，另一方戰敗。

「……沒事。」

遙看著下方低語。宙默默將目光移回桌面，若無其事寫著筆記，並且提筆回信。

到最後，還是沒有我出場的餘地……

遙以目光追著迅速移動的鉛筆筆尖，輕聲發出自嘲的笑聲。因為宙位於我這種人想像不到的地方……他真的想要拯救世界……

「好，第一封寫完了。」

宙說著呼出一口氣，使得遙回過神來。回信用的活頁紙已經寫滿圓滾滾的字。宙仔細將這張紙對摺再對摺。

「那麼，回下一封信吧。」宙將摺好的回信放在旁邊，以鉛筆筆尾扶正眼鏡說完，從小山拿起另一封信，在遙也看得到的位置開啟。上面是以粉紅色原子筆寫成，圓得不像樣的文字。

「嗯，看來是想問減肥方法。從字體來看……應該是女性。這封信也沒寫任何『數值』，得由我們詢問才行。」宙目不轉睛看著內文平淡說著，抽出第二張活頁紙，以指尖轉鉛筆一圈。

這次肯定也是迅速解答吧……遙在心中低語，落寞地瞇細雙眼。她看向宙的側臉，再低頭看桌面，壓低氣息等待桌上的筆記本與活頁紙列出亮眼的算式……本應如此。

「我想想，今年想瘦幾公斤……每天大概吃多少……還有妳現在的體重是多少……」

啪！

宙還沒說完，遙就反射性地拍向宙的後腦杓。「嗚咕！」宙發出像是蟾蜍扁掉的呻吟按住頭。

這傢伙果然和平常沒有兩樣。

遙感到極度疲勞，垂頭喪氣。

寫完所有回信，放進走廊的「回函箱」時，校舍已經沒有人影。除了操場傳來棒球社的吆喝聲，聽不到任何聲音。兩人整理好書包離開學校。泛藍的灰色雲層覆蓋天空，但雨早上就停了。太陽還在雲層後面，看來夜幕還要一段時間才會籠罩四周。白晝變得比黑夜長得多。

冰涼的風輕拂臉頰，遙與宙避開水塘行走在田間道路。兩旁是遼闊的玉米田，超大竹葉的葉子上，寶石般的水滴閃閃發亮。玉米長得快，明明上個月才播種，現在已經長到遙的肩膀高。

「快被超過了……」

遙一邊行走，一邊撥開玉米葉這麼說。旁邊的葉子也跟著緩緩搖曳，葉面水珠彈到空中。宙似乎又在沉思某些事，自從走出學校就一直注視腳邊，但他聽到遙說話就抬起頭。

「真的耶。什麼時候長這麼大的？」

遙看著納悶的宙，露出笑容。

「還不是因為你老是看地上。小心又會撞樹哦？」

遙說著撥開下一片葉子。宙似乎在看水珠的去向。遙打趣接連撥開玉米葉。

「看來葉子愈大，上面的水滴也會愈大。」

「兩者相關嗎？」宙低語停下腳步，伸手摸玉米葉。遙也一起停在原地。水珠沒噴濺，而是沿著葉面滑動，抵達尖端就直接落下。宙看著水滴化為水塘的一部分，然後轉身看遙。

「話說回來，這是什麼植物？」

遙以為宙在開玩笑，但他一如往常面無表情。遙忍不住笑了出來。健康的笑聲傳遍玉米田。吹起一陣風，葉子發出潮汐般的聲音搖曳，無數水珠在空中躍動。

「你想拯救世界，卻不知道這是玉米？」

遙調勻呼吸之後這麼說。由於笑過頭，眼角微微溼潤。

「玉米……」

宙不太在意被嘲笑，只是歪著頭低語。眼鏡後方的雙眼閃閃發亮，如同一無所知的純真幼兒。

「我以為玉米的顏色應該更黃。」

遙收起笑容，打從心底感到無奈，無言地注視著宙。這個少年該不會以為玉米一從土裡長出來，就是擺在餐桌上的那個樣子吧？如果真是如此，他不經世事也該有個限度。不對，遙知道他不經世事的程度超乎常人，卻沒想到這麼嚴重。

「原來你不知道。因為住東京？」

遙在注視玉米葉的宙身後這麼問。不過，那裡或許不是遙知道的東京，是「數學世界」的東京。她腦中一隅這麼想。

「嗯，我只在店裡與廚房看過。何況我未曾想知道玉米原來的樣子。但我算過一根玉米有幾顆。」宙轉身看向遙這麼說。我反倒未曾想知道一根玉米有幾顆……

遙在心中低語。

「原來我一無所知呢……」

此時，宙似乎在嘆氣。遙聽到他發出不同於呼吸的另一種氣息。遙沒看過宙這麼軟弱。這名少年面對任何問題總是平淡地克服，卻因為不知道玉米而嘆息。

真拿他沒辦法……

「既然不知道，那就學習吧？」遙走向他，以開朗的聲音回應。

「暑假來幫忙收割吧。到時候就知道那個黃色一顆顆的東西是從哪裡採收的。我認識種這塊田的婆婆，我每年都來幫忙。」

宙像是中冷箭般睜大雙眼，目不轉睛注視遙，似乎想看透映在雙眼裡的她。遙輕聲一笑說下去。

「宙，你多學習一些常識比較好喔。別擔心，我覺得你很快就記得住。像是壘球和棒球的差異，你實際看一次就立刻懂了。」遙說完，宙摸著下巴閉上雙眼，像是陷入沉思。再度起風，隨後響起如同潮汐的聲音。

「說得也是。我或許要多多從書以外的地方學習知識。」

宙大概是整理好思緒，緩緩睜開眼睛這麼說。

「收割玉米的工作，我也做得來嗎？」

「很簡單，誰都做得來。」

遙毫不猶豫地說，宙稍微綻放笑容。遙開心起來，繼續說下去。

「還有，來看壘球賽吧。下個月要比賽。」

「比賽？難道妳會上場？」

「當然。」遙掛著滿臉笑容立刻回答，宙瞇細眼鏡後方的雙眼，微微抬頭。風吹拂農田，幾隻烏鴉橫越上空。不知何時，整幅風景像是蓋上薄膜般泛藍。玉米根部傳來噗咚的水聲，大概是青蛙在跳。

「……好想去看啊……」

宙看向玉米田另一頭的山群呢喃。大概是因為雲層密布，他的雙眼蘊含莫名孤寂的淡淡光芒。

太陽每天露臉的時間愈來愈長，到了週末，天空幾乎沒有雲。六月和梅雨一起離去，七月取而代之。夏季終於來臨。蟬不曉得從哪裡打聽到梅雨結束，早早開始鳴叫。光是聽到蟬鳴就覺得天氣熱上數倍。遙以塑膠墊板當扇子，頻頻往臉上搧風。

「我說啊，宙……」

「什麼事？」

「脫掉那件長袖外套啦……光看就覺得熱……」

宙聽到遙不耐煩這麼說，低頭檢視自己的身體。他的髮線微微冒汗。看來身體也覺得熱。

「我沒有特別注意這件事。我一直以為來學校都要穿制服外套。原來可以脫下來啊。」

「居然說沒注意……」

宙是五月轉學過來。當時制服已經換季，制服外套從校內絕跡，他卻說沒注意這件事……

「不過，這不是什麼嚴重的問題。好，今天也打開諮詢箱吧。」

看來對於宙來說，夏天穿冬季制服不是「嚴重的問題」。看來，他今天也不想脫掉制服外套的樣子。遙不得已停止用墊板搧風，撕下諮詢箱封口的膠帶。

諮詢箱的信比上週還多。遙仔細打開每封信。

「啊，這個人是上次問『要怎麼樣才能讓數學變好？』的人。」

「嗯，應該是提供『數值』了。信裡怎麼說？」

「……他說『只在考前複習數學，臨時抱佛腳』。」

「那他數學不好的理由就很明顯了。嗯？這封好像是為上週的事情道謝，上面寫『問題解決了』，太好了。」

兩人和上週一樣看信，逐一回信。這次用來回信的紙，也是遙拿來的活頁紙。

接著，宙打開另一封信說：

「嗯，這是新的諮商：『我想買一個東西，可是沒錢。』」

咦？

遙正在把宙寫的回信摺好，但她聽到這句話就停止動作，從鄰座探頭看向宙手上的信。邊角印著花瓣的可愛便條紙。一看就知道是女生寫的信。想買新衣服，卻不小心就會浪費錢……信裡寫著這樣的煩惱。

和我一樣。

遙在旁邊看著信心想。

第一次和宙交談的那一天，他幫遙擬定「省錢計畫」。雖然放學後的聚餐受限，但多虧這個計畫，遙開始順利存錢。

原來有人抱持和我相同的煩惱……

「對了，這封信由妳回吧。」

「啊？」

心不在焉看著信的遙，聽到宙唐突的提議嚇了一跳，發出高八度的聲音。相對的，宙態度沉著，將信放在遙桌上。

「上次擬定過買手套的『省錢計畫』吧？只要利用方程式與不等式如法炮製，肯定能解開。」

「可是……為什麼是我寫？」

「正在省錢的人來寫，比較有說服力吧？」宙說完微微一笑，拿起一張空白活頁紙遞給遙。

「就算你這麼說……」

遙沒接過活頁紙，視線游移不定，手心握緊又放鬆好幾次。然後她戰戰兢兢詢問宙：

「真的可以由我寫嗎？這個人或許是想找宙商量才寫這封信……」

宙眼鏡後方的雙眼瞪得好大。

這是他至今所露出最驚訝的表情。彷彿在說：「為什麼事到如今講這種理所當然的事？」

然後，宙開口了。他毫不猶豫說出的這句話，恐怕是遙最想聽到的。

「因為妳也是『數學屋』的店員啊？」

這一瞬間。內心的芥蒂以及肩上的重擔都去除了。遙甚至覺得，一直以來這麼煩惱好像笨蛋。

遙內心的迷惘消失了。

「……宙，謝謝。」

遙說完露出最燦爛的笑容，從宙手中接過活頁紙。

遙回信花了好多時間，同時宙幾乎將其他的信都回覆完畢。不過，遙確實獨力回答這個客人的零用錢問題。

「『您的煩惱可以用下列算式順利解決』……『$(4000-200x)\times5=15000$』……『$x=5$』……」宙緩緩檢視遙寫的回信。「嗯，很好。計算沒錯誤，而且用這個方法肯定能存錢。」

他扶正眼鏡微笑。遙懷抱喜悅的心情，仔細、慢慢摺好這封信，如同避免自己寫的算式逃離信紙。回想起來，除了打雜，這是遙第一次被交付「數學屋」的工作。心想「反正我幫不上任何忙」的自己，成功踏出小小的這一步。

遙不禁覺得，自己手中誕生了某種非常微小但確實的事物。

「那麼，本週也剩下這封信了。」宙注視孤單留在桌上的信這麼說。額頭浮現的汗珠，在窗戶斜射的陽光之下絢麗閃耀。遠方傳來唧唧的蟬鳴。

「那就趕快解決吧！」

遙說著意氣風發地拿起信，發出沙沙聲打開。

她認為這封信和至今的信一樣，絲毫不以為意，甚至深信「數學之力」肯定能解決。這封信寫在筆記本撕下的內頁。似乎是撕壞了，信的右側歪歪扭扭。文字也很潦草，極難解讀。

「就算是用筆記本內頁，用刀片仔細割不是很好嗎？字跡也要工整一點。」遙嘀咕抱怨，閱讀信件內文。遙猜測信裡也不是什麼太大的煩惱。

但她錯了。寫在這張筆記本內頁的信，比至今任何一封信都誠心求助。

致數學屋：

您好，我是「某一年級男生」。基於某些原因，不能透露本名。

我現在有個非常大的煩惱，不曉得該找誰商量，每天過得很痛苦。

聽說，如果有什麼煩惱，只要告訴數學屋，就能獲得解決。

我最近非常在意某個女生。我出生至今第一次這樣。每次想到她，我腦袋就一團亂，不知道如何是好。

我當然也知道「戀愛」這個詞。

不過，如果這是「戀愛」，我該怎麼辦？我應該「表白」嗎？但我覺得「表白」代表「傳達自己的想法」。到頭來，我根本不曉得自己的想法，無從傳達。

我究竟該怎麼做？

期待您的回信。

某一年級男生上

遙看完之後，宙接過信，仔細閱讀信裡的字句，如同解讀古文般慎重。他花費許久閱讀之後，輕輕將信放在桌上。

「妳覺得呢？」這是宙看完信的第一句話。

「咦……覺得什麼？」

「妳看完這封信，有什麼感覺？」

宙筆直注視遙的雙眼，改口這麼問。他額頭滑下一滴汗，從雙眼中間流經鼻子旁邊，停在下巴。

遙困惑了。宙第一次徵詢她的意見。數學屋至今接到的問題，都由宙不容分說地負責解決。剛才那封信確實是由遙回信，卻是因為那個問題和上次解決的「省錢計畫」同類。如果是新的問題，遙基本上沒餘地插嘴。

然而，這次不一樣。

和以往不一樣。

遙默默看著信。戀愛諮商的話題本身沒有很稀奇。遙還沒有這種煩惱，但她即使不想聽也會聽到別人的經歷，而且平常就聽得到。戀愛是國中生非常熟悉的話題。同時，應該也是宙最不熟悉的話題吧？遙心想。

「和至今處理的問題比起來，這個問題的難度明顯比較高。」

遙沉默時，宙緩緩這麼說。語氣如同細細咀嚼每字每句。

「這個問題，沒有類似『數值』的資料。」宙說著以指尖撫摸信紙。累積在下巴的汗水滴在膝蓋上，留下小小的水痕。

「我們至今總是利用某些『數值』建構算式，以數學方法算出解答吧？即使是乍看和數學無關的『棒球社員困境』，也找出『打擊練習球數』的『數值』來利用。不過，這封信完全沒寫到這方面的情報。」

遙低頭看桌上的信。沒錯，出現的數字只有「一年級」的「一」。這麼一來，先別說兩人是否熟悉戀愛問題，這個問題根本無從以數學解答。

「那麼，回信問他就好吧？」

「嗯，這也是一個方法。」

宙點頭一次，接著立刻皺眉。

「不過，問題不止是『數值』。應該說以現在的狀況，即使收集必要的『數值』，也無望解決問題。」

遙聽不太懂宙這番話。即使收集「數值」也無法解決問題？

「為什麼？」

遙歪著腦袋問宙。至今這名少年只要取得齊全的「數值」，就能解開任何問題。難道除了「數值」還需要某些要素？還是說，他果然不熟悉戀愛，所以沒自信？

宙微微搖手，拿起信說：

「因為這個人不理解自己的想法。」

不理解自己的想法。遙在腦中反覆這句話，解讀話中含意。宙將信舉到頭上透過日光燈看信，繼續說：

「不曉得自己想怎麼做。換句話說，不曉得終點在哪裡。這麼一來，我們就不曉得該朝哪個目標思考。」

遙突然領悟，反射性地看向宙的筆記本。她腦海浮現「數學屋」至今解決的問題。想買手套；想平分操場；想提升社員的幹勁。這些問題的目標都很明確。即使迷宮複雜，從一開始就已經定好終點的位置。

不過，這次不止是迷宮本身複雜，甚至不知道終點在哪裡。不對，或許到頭來，連起點都還沒決定。擺在眼前的只是「看似問題的東西」。別說全貌，甚至掌握不到頭緒。

宙閉上單眼，透著光看信好一陣子，最後像是放棄般，將信扔到桌上，微微起身轉動椅子角度，整個人面向遙說：

「所以我想問妳的想法。儘管說吧，妳看完這封信有什麼感想嗎？」

宙眼中的光芒和以往不同。不是充滿自信與意志的閃亮光輝，是人們抱持不安與恐懼時散發的黯淡光芒。宙在求助。遙終於領悟到這一點。兩人現在面對的是天大的難題，困難到宙實在無法獨力應付。

他好不容易認同我、拜託我。

我非得幫上他的忙。

可是，怎麼做？

我這種人，真的做得到嗎？

「看完這封信的感想……」

遙輕聲說完，再度閱讀桌上信件的內容。

在意起某個女生。想到她，腦袋就一團亂。不曉得自己的想法。究竟該怎麼做？字跡非常潦草，很像是男生寫的信，但遙仔細閱讀，避免看漏任何字句。她默默閱讀兩次之後開口：

「我看完……只覺得寫信的人喜歡上這個女生……所以應該鼓起勇氣表白吧……」

毫無巧思的老套意見。但也在所難免，因為遙只想到這種感想。只是這麼一來，就無法進行下一步的規畫，只能回信「這是戀愛，所以你應該表白」結案，沒辦法多做什麼。因為遙他們是局外人，無從干涉表白之後的發展。不過，問題不可能這麼輕易解決。因為這是連宙都無法獨力解開的問題。

「真的這樣就好嗎……？」

正如預料，宙摸著下巴歪過腦袋低語。另一滴汗滑落臉頰。

「這個人說他『不曉得自己的想法』。這種情感真的可以叫做『戀愛』嗎？」

「可是，如果這不是戀愛，那是什麼？你看，這裡也寫說『出生至今第一次這樣』吧？所以這個人戀愛了，只是自己不曉得。換句話說是初戀。」

遙說完，宙就閉上眼睛，深深沉入自己的思緒。某處飛來一隻油蟬停在窗框，先是發出「滋、滋、滋」像是發音練習的短促聲音，接著「唧～唧～唧～」高聲鳴叫。大概是還沒叫習慣，叫聲不時中斷，音量也不固定。

遙突然覺得爭論戀愛問題的他們很丟臉，臉頰自然而然變得火熱。現在還是大白天，我究竟在做什麼？但這也絕對不是晚上就能討論的話題。遙臉紅的時候，宙也靜靜地維持相同姿勢。他按著下巴，微低著頭閉上雙眼。記得某座古老的雕像就是這種姿勢。遙甚至無法判斷他是否在呼吸。

遙看他一直動也不動，內心掠過一絲不安時，宙終於抬頭。眼鏡後方的雙眼，像是覺得光線刺眼般微微睜開。接著他說：

「那就問妳吧。到頭來，『戀愛』究竟是怎樣的情感？」

「……咦？」

遙像是喉嚨深處哽到，發出簡短又沙啞的聲音。宙頻頻眨眼，眼睛恢復為平常大小之後說下去。

「如果可以定義『戀愛』，或許就能以某種方式計算，判定這個人的情感是不是『戀愛』。」

宙一如往常，以鉛筆筆尾扶正眼鏡。

「戀愛」是什麼？遙沒深入思考過這種事……

「這……『戀愛』的意思，當然是喜歡上別人吧？」

「那麼，喜歡上別人是怎樣的情感？和喜歡爸媽不一樣嗎？」

遙聽他這麼說，不曉得該如何回答。

單純的「喜歡別人」和「愛上別人」不一樣。遙好歹知道這一點，但也僅止於此，不知道更深入的部分。因為她自己未曾體驗這種事。宙等待遙回答等了好一段時間，然後微微搖頭，皺眉低語。

「好難的問題……」

夾雜嘆息的無力聲音。遙不知道該對他說什麼。

最後，他們在這天沒得出結論。兩人一起離開學校，在回程路上也繼續討論，卻沒有成果。玉米已經長到和遙差不多的高度。走在通往車站的道路途中，宙會先左轉。遙沒看過宙的家，但似乎是蓋在上坡不遠處的大房子。遙向宙揮手道別，就這麼走向車站，在消防局旁邊右轉。

「我回來了……」

「歡迎回來。怎麼了？一副心不在焉的樣子。」

遙一回家，媽媽就關心地詢問。現在似乎正在準備晚餐，平底鍋發出響亮的油爆聲。遙想起白天聽到的蟬鳴。

「沒事。」

「這樣啊。晚餐快好了，再等一下喔。」

拿著長筷的媽媽說完露出笑容。遙默默點頭，帶著書包回到臥室。她鎖好房門脫掉制服，換上T恤加運動褲的居家服，仰躺在床上。

遙看著天花板思考宙的事。平常面無表情的樣子；以鉛筆扶正眼鏡的動作；解開問題瞬間的笑容；以及今天所看見，洋溢不安情緒的雙眼。宙轉學至今兩個月，沒有他解不開的問題。至少到今天是如此。遙第一次看見宙眼神那麼軟弱。宙只是短暫露出這種表情。但是這一瞬間清楚烙印在遙的腦中。

遙在床上搖頭，試圖將討厭的記憶趕出腦海。

但是宙的面容消失之後，輪到那本筆記本浮現在眼前。以遙絕對看不懂的「數學語」寫成的奇怪字串。即使閉上眼睛思考別的事，這幅影像也像是亡魂，永遠位於遙的眼前。

遙不禁翻身，放在枕邊的手機映入眼簾。她半反射性地伸手去拿，任憑手指按按鍵，撥打通訊錄的其中一個電話號碼。抵在耳際的手機響三聲之後，電話接通了。

「喂？」

「啊，真希？是我……」

遙就這麼倒臥在床上鬆一口氣。她再度改為仰躺，朝手中的小機器說話。

「抱歉突然打電話給妳。」

「沒關係。發生什麼事？」

「不，其實沒什麼事……」

遙說到這裡語塞。她真的完全沒想，只是尋找逃避的管道，湊巧看到手機才打電話。她當然不能對真希說實話。沉默幾秒之後，電話另一頭的真希輕聲一笑。隔著電話只聽到朝麥克風呼氣時的沙沙聲，但遙不知為何知道她在笑。

「是關於數學屋嗎？」

以右耳聆聽真希話語的遙，感覺身體逐漸無力。什麼嘛，到最後全被妳看在眼裡。

「……嗯。」遙以呢喃般的細微聲音回應。「收到一個有點難的委託……我與宙都很傷腦筋。」

「是喔，原來宙也會陷入苦戰啊。也是啦，因為他不是神。」

真希若無其事般回應。聽不到她那裡傳來任何雜音，肯定和遙一樣是在自己臥室講電話。

「我隱約覺得，這個問題終究沒辦法解決。」遙說完嘆了口氣。真希在電話另一頭壓低氣息。遙確認她沒反應之後說下去。

「仔細想想，是到目前為止都太順利了。因為世上的問題不可能都以數學解決，偶爾會遇到無論如何都解不開的問題。」

沒錯。遙在心中低語沒說出口。要是數學能解決所有問題，世界肯定能以更簡單的方式運作。不需要因為經濟不景氣而大呼小叫，政治家也沒必要在國會打架。

再也不會有人發生意外死掉，也不可能爆發戰爭。

這裡不是「數學的世界」，是日本神奈川縣某處。即使某些問題無法以數學解決也不奇怪。遙重新握緊抵在耳際的手機。

「……我啊，站在投手丘的時候，發現一件事。」沉默至今的真希突然開口。

「投手丘？」

「嗯。」

為什麼這時候聊壘球？遙還沒問，真希就先說下去。

「愈是覺得可能會被打，愈是投不出平常水準的球。肩膀會過度用力，導致投球失誤，再度害自己不安，球再度被打。不斷重複這種惡性循環。」

「我大致能理解。」

遙出言附和，並且將注意力集中在右耳。她絕對不能聽漏真希要表達的意思。

「但是不止如此。要是我的心情像這樣不穩定，別的球員也會受到影響。像是漏接很普通的滾地球，或是傳一壘的時候暴傳。」

遙默默點頭。聽她這麼說就覺得，好幾次因為真希投的球連續被打，導致守備也一起亂掉。

「不安會傳染。」

真希像是告誡般這麼說。遙覺得她好像是在開導孩子的母親。

「我覺得不安，守備球員也會不安。相對的，守備球員感到不安，我也會不安。或許這是相同的狀況吧？我不曉得妳的問題，所以沒辦法對內容表示意見……但要是遙覺得『應該沒辦法解開』的心情會傳達給宙，他也會沒辦法發揮平常的實力。」

真希說到這裡停頓。遙感覺自己的手在發抖，更用力握住手機克制顫抖。

「要是妳不先好好振作，宙也沒辦法專心解題吧？」

遙完全無法回話。真希說的每句話都刺進她的心。她感覺自己好渺小。

「說得也是，對不起……」

「對我道歉有什麼用？從現在開始要打起精神喔。」

「嗯，知道了……」

「知道就好。」

兩人隔著電話一起笑了。直到剛才都還在的內心陰霾彷彿沒出現過。遙再度感謝自己有這個好朋友。

「有其他想商量的事情就儘管說吧。」手中的機器傳來可靠的聲音。「謝謝。」

遙一邊道謝，一邊以指尖拭去眼角浮現的淚水。

「我可以問一個問題嗎？」

「好啊，儘管問吧。」

「戀愛是什麼？」

電話另一邊傳來激烈的咳嗽聲。

接下來的週一也和以往一樣，兩人在教室一角經營「數學屋」，客人共三人。宙毫無窒礙地解決所有煩惱，一如往常轉眼就解決，完全感覺不到堪稱異狀的異狀。接待客人完畢之後，打開諮詢箱。兩人先檢視所有信件一遍，沒發現難以解決的問題。宙從信件山抽出一封遞給遙。

「今天由妳負責回這封信吧。」

信裡以圓圓的字體，寫著「我想讓爸爸戒菸」的諮詢。不過仔細一看，完全沒提到具體數字。

「就算要我負責，但我完全找不到解法……」遙露出為難的苦笑回應。「總之先收集『數值』？」

「嗯，儘量多問一些問題。」

「比方說一天抽幾根？」

「對，這個問題一定要問。」

兩人簡單交談之後，默默回信好一陣子。

鉛筆與自動鉛筆的書寫聲，混入窗外傳來的蟬鳴。手臂微微冒汗，遙從書包取出毛巾擦拭雙手與額頭，再度拿起自動鉛筆。

回覆所有來信之後，遙把諮詢箱拿到走廊上。走廊空無一人，比教室涼快許多。

「數學屋也愈來愈受歡迎了。」

宙在遙回來的時候這麼說。他目不轉睛看著右手所握的鉛筆。臉頰流過一道汗水。身上一如往常穿著制服外套。

「多虧妳的協助。謝謝。」少年微微揚起嘴角這麼說。聲音平靜又清澈。

遙站在桌旁猶豫片刻。不過當宙投以疑惑的目光，她就下定決心拉開椅子，坐在自己的座位，筆直注視宙的雙眼說：

「……得繼續處理上週那件事。」

宙的肩膀顫抖了一下，雙眼微微蒙上陰影，也感覺得到他呼吸稍微紊亂。宙瞬間錯開視線，但最後還是面向遙。

「……嗯，說得也是。」

些許突兀感急速湧現。以往的自信逐漸從他眼中消失。宙內心的某個東西在晃動，如同燭火在風中搖曳。

「記得上次討論到『戀愛』是什麼吧？」

「是啊。」

「……那麼，今天也從這裡開始吧。」

宙說著翻開筆記本，打開全新的一頁。不知道是沒興致還是怎樣，他的聲音沒有力道。空白頁面默默顯示上週的議論不了了之。

不過，今天一定要……遙自然而然緊握雙手。

就在這個時候，教室前門發出喀拉喀拉的聲音開啟。兩人立刻抬頭。還以為是客人，但進入教室的是真希。

「呀呼～狀況怎麼樣？」真希舉起單手問完，展露陽光般的笑容。遙鬆了口氣，放鬆表情。以真希的個性，一定是擔心上週電話提到的那件事，所以來探望吧。遙靦腆地向真希道謝。

「真希，妳來啦……謝謝。」

「嗯。不過，不止是我喔。」

真希說完豎起大拇指，指向身後的門。遙與宙疑惑地往那裡一看，一名嬌小的女生與一名高大的男生，從開著的前門進入教室。是葵與翔。

「喲，聽說你們遇到棘手的問題？」

「我們也幫忙吧。」

兩人跟在真希身後走過來這麼說。遙與宙詫異瞪大雙眼，不由得轉頭相視。

「咦？咦？什麼？怎麼回事？」

遙沒能掌握狀況，以走音的聲音詢問真希。真希打趣地看著遙這種反應，以高亢爽朗的聲音回應。

「我覺得妳或許需要幫手。俗話說『三個臭皮匠勝過一個諸葛亮』對吧？既然有五個人，諸葛亮就算不了什麼喔！」

雖然不曉得諸葛亮多厲害，但遙僵硬地點了點頭。真是出乎意料的援軍，沒想到其他人會來幫數學屋的忙。真希的關懷滲入遙的骨子裡，眼角稍微變得溼熱。

「嗯，感激不盡。」

即使是宙，也稍微卸下毫無表情的冰冷面具。他依序看著三人，最後歪著腦袋注視翔。

「咦？今天沒下雨，你不用參加社團活動嗎？」

「社團今天剛好休息。因為昨天比賽，所以補休。」

「原來如此。」宙點頭露出笑容，轉頭看向身旁的遙溫柔地說：

「那麼，數學屋今天就雇用短期工讀生吧。」

「唔哇～這問題連我聽到都覺得不好意思。」真希以雙手按著臉頰。「『戀愛』是什麼？簡直是哲學問題。」

「不過好棒。我也希望有人像這樣喜歡我～」

葵閉著雙眼，像是唱歌般這麼說。遙與真希無奈看著葵，不禁苦笑。真是的，居然講這種話，妳已經有男友了吧？翔則是默默盯著桌上那封信，目光一如往常地犀利。他的眼神非常有力，甚至令人以為會貫穿筆記本的內頁。

「各位大致明白了吧？所以呢，我正在定義『戀愛』究竟是什麼。定義之後，或許可以用計算的方式，判定這個人的情感是不是『戀愛』。」

宙確認大家的反應之後這麼說，看起來像是配合聽眾喧鬧程度調整說話方式的幹練主持人。但應該是遙多心吧。

「『戀愛』是什麼？你們覺得呢？」

「想得單純一點，應該就是喜歡上某人……」

真希開口，以平緩的語氣回應。聽起來像是慎重思索之後的發言。

「不過聽宙說完，就覺得沒這麼單純。因為『喜歡』也是模糊的形容方式。」

「而且這個人似乎很難受。喜歡上別人，腦袋就會變得一團亂嗎？」遙接在真希後面說完，不經意看向葵，以眼神詢問：「妳應該是最熟悉戀愛的人吧？」葵含糊一笑，歪過腦袋。

「不一定吧？我覺得有人腦袋會一團亂，有人則是興高采烈，也有人內心會覺得難受。這應該因人而異吧？」

「嗯。因人而異……」

宙按著下巴低語。遙屏息等待他說下去，卻遲遲等不到。宙就這麼閉上雙眼，封閉在思緒之繭中。沉重的沉默在教室沉澱。應該等宙整理好思緒？還是講幾句話？遙無從判斷，只能任憑時間流逝。暑氣像是現在才想到般來襲，額頭冒出汗珠。

「因人而異的東西無從定義。」

低沉的聲音打破沉默。這個聲音異常具備存在感，連蟬鳴都無法消除。不止是三個女生，連宙也抬頭一起看向翔。翔雙手抱胸靠在椅背，以低沉有力的聲音說下去。

「從別的方向思考比較妥當吧。例如『該不該表白』。」

「嗯，換個想法是吧。」

宙再度看向桌面，遙也跟著看向信，目光停留在雜亂文章的最後一段：「如果這是『戀愛』，我該怎麼辦？我應該『表白』嗎？」

遙像是認同般點頭。沒錯，這個人看起來想知道「自己接下來該怎麼辦」。雖然遙在意這個人的情感是不是「戀愛」，不過暫緩追究似乎比較好。

「可是，信裡完全沒提到對方，這樣不曉得該不該告白啊？」葵噘嘴這麼說。翔朝葵一瞥，再度以射穿信紙般的目光看信，皺眉像是有所避諱般低語。

「說得也是，只有這些情報確實太少了。」

遙垂頭喪氣。老實說，她相當期待翔提出建設性的意見，但還是不行……這樣下去真的會束手無策。

眾人再度陷入沉默。油蟬的聲音異常刺耳。

遙斜眼偷看宙。少年閉著雙眼，手肘撐在桌面，十指在面前交握，看起來像是在思考某些事，也像是在等待什麼，說不定兩者皆是。或許他在靜心等待靈感降臨。不過到最後，遙還是不曉得宙是以何種方式思考。

我不能感到不安。遙在心中吩咐自己。

我也要成為助力。

遙轉向正前方，用力注視信。

肯定能從某個方向突破。

宙說過。在世界上，沒有任何問題和數學無關。遙的大腦以這輩子最快的速度運轉。貧乏的數學知識全力出擊，翻箱倒櫃找出以前的所有記憶。質因數分解、加權平均、公式解、囚徒困境……宙曾經使用的各種算式，在遙腦中忽隱忽現，自由自在地奔馳。

這是創造數字洪流的巨大迷宮。遙站在迷宮入口定睛注視。

我也可以成為助力。絕對要成為助力。

上次我也以自己的力量寫了回信。

對，以自己的力量。

以自己的……力量……？

這一瞬間。

遙的視網膜竄過一道閃電。

這是至今未曾體驗的奇妙感覺。眼前遼闊的算式之海，開出一條極細的光道。

這條道路不斷往深處延伸，如同一條線。

只有一瞬間。

但遙確實親眼看到通往終點的路。

「那個……我忽然想到……」

遙以顫抖的聲音，打破濃稠凝結的沉默開口。另外四人同時看向她。遙繼續說下去。要將自己剛才確實看見的光之道路告訴大家。

「……要不要讓寫這封信的人，以自己的力量解決……？」

「妳的意思是說，要讓這個傢伙自己解決？」翔揚起單邊眉角，疑惑反問。

「他就是因為做不到，才會寫信諮詢吧？」

「啊，不是……我不是這個意思……」遙連忙將手舉到面前，搖手否定。她停頓片刻之後說下去。

「我們至今都想幫他解決問題吧？別再這麼做了。」

「別這麼做？」

葵詫異看著遙，雙眼如同小動物充滿好奇心。遙看著這樣的葵，感覺身體的顫抖稍微減緩。

「嗯。相對的，由我們提問，讓當事人自己思考。換句話說，就是問他：『在這種時候應該要表白。相對的，在這種時候不能表白。那麼，你現在是哪種狀況？』類似這樣。」

「原來如此，之後就由他自己思考是吧。」真希佩服低語。

讓委託人自己解題——思考方向改變這麼大，實在很誇張。不過這麼一來，就不需要知道寄件人與對方女生的相關情報。

「做得到這種事嗎？」

葵面有難色詢問遙。開啟的窗戶吹入一陣風，輕盈搖晃馬尾。

「做不做得到？這種小事當然做得到吧？」

遙說著輕拍宙的肩膀。少年眼神猶豫地飄忽不定好一陣子，才終於和遙四目相對。遙沒多說什麼，只注視他眼鏡後方的雙眼點頭示意。少年眼中的不安神色似乎稍微消退。他繃緊臉頰，視線投向前方，扶正眼鏡，以有力的聲音說：

「嗯，我試試看吧。」

宙就是要這樣才對……遙看著少年的側臉心想。

「這麼說來，葵是怎樣和現在的男友交往啊？」

真希像是回想起來般詢問。但她實際上應該是抓準機會詢問吧。她的語氣稍微做作，還微微咧嘴一笑。

真是的……遙輕輕嘆氣。搞不懂她是正經還是胡鬧。

「這確實令人感興趣。聆聽過來人的經驗很重要。」

宙以非常正經的表情附和，前傾上半身看向葵。

「咦？要現在當場說？」

葵慌張環視四周。教室裡只有圍坐在靠窗角落座位的五人。清澈雙眼筆直凝視的宙、咧嘴露出笑容的真希、不感興趣般看向窗外的翔、無奈苦笑的遙，以及葵。

「就當作幫個忙，認命吧。我開門見山直接問了，是誰表白的？」

真希毫不在意葵的為難。無論是壘球還是日常生活，真希都以正中直球決勝負。

葵低著頭沉默片刻。輪廓美麗的耳朵尖端染上一抹紅暈。遙屏息等她開口。不知為何，連遙的心臟都跳得好用力。

「……是我主動表白。」

遙嚥了一口口水。真希也不再咧嘴笑，靜靜專心聆聽葵的話語。宙以嚴肅表情注視葵，翔依然靠在窗邊看戶外。

「我們在去年夏天認識。他是排球社社員。」

葵以呢喃著說起他們兩人的戀情。和平常嘹亮如同鳥囀的聲音不一樣，像是壓抑某種情感的語氣。暑假期間，葵和排球社的女生一起買東西，巧遇學長。她請這個女生引介認識，交換電子郵件信箱。明明沒問得這麼深入，葵卻斷斷續續說下去。肯定是話匣子打開了吧，一旦第一句話說出口，就沒有任何要素阻止葵說下去。

「後來，我主動邀他逛秋天的文化祭。在那個時候……」

遙也聽說過葵和男友是從文化祭當天開始交往。也就是說，至今已經持續八、九個月。經過這麼長的時間，遙依然幾乎對葵的男友一無所知。真希大概也一樣。葵明明看起來不像是口風很緊的人，真要說的話是健談的類型。

「當時為什麼想表白？那個……我當然知道是因為喜歡他……但我不是這個意思……」

真希愁眉苦臉，似乎在尋找適當的說法。但葵像是早已明白般嫣然一笑。聲音稍微恢復活力。

「我當時確實很害怕，擔心被拒絕該怎麼辦。不過，想和他在一起的想法更強烈。」

「……想和他在一起。」

遙與真希同時低語，轉頭相視。

「原來如此，這樣就可以用不等式來表示了。」

一直保持沉默的宙突然開口。三個女生冷不防嚇得肩膀一顫。接著宙以一如往常的步調，讓鉛筆在筆記本上迅速遊走。

「害怕的心情」∧「想在一起的心情」

「啊，變得像是數學了！」

「不過，光是這樣完全看不懂啊？」

遙說得很開心，相對的，翔冷漠詢問。遙不禁回嘴。

「為什麼？我覺得可行啊？」

「我問妳，『害怕的心情』跟『想在一起的心情』要怎麼比？到頭來，這種東西可以換算成數值嗎？」翔無奈說完看向宙，觀察他的反應。宙思索片刻之後，以鉛筆扶正眼鏡。

「嗯，你說得對。不過，這或許可以當成切入點。」

「切入點？」

遙歪著腦袋。戴眼鏡的少年沒回答，以鉛筆抵著太陽穴閉上雙眼。這個姿勢似曾相識。遙與翔轉頭相視。這個姿勢，是那個時候的……

宙就這樣像是石像動也不動。肯定沒錯。翔來諮商的時候，宙就是以這個姿勢僵住，從記憶深處取出「囚徒困境」。

遙倒抽一口氣。這次他究竟要取出什麼東西？遙與翔的緊張情緒似乎也傳達給另外兩人，真希與葵的視線也集中在宙嘴角。宙以外的四人不動聲色，靜心等待少年開口。

「最大多數人的最大幸福……」

宙開口了。停頓時間比那次短得多。不久，他微微睜開雙眼。

「那個人叫做邊沁？記得社會課上過。這個理論怎麼了？」翔停頓片刻之後詢問。邊沁？遙與葵一起歪頭。這是哪國話？

「邊沁的理論本身和這次的問題無關。重點在於『幸福可以轉換為數值』。『情感』這個詞很含糊，不過能不能替換成幸福的程度，也就是『幸福度』？」

宙流暢說完，依序環視四人。四人之中，兩人皺眉思索，兩人只是呆呆張著嘴。

「那麼，改成這樣呢？」

真希拿起自己的自動鉛筆，伸手在筆記本上書寫。另外四人將頭湊在一起，檢視寫在上面的文字。是非常工整成熟的字體。

「現在的幸福度」＜「交往的幸福度」

「……怎麼樣？要是這條算式成立，人就會想表白吧？」

「原來如此。如果現在比較幸福，就不會想刻意表白。」

宙的眼鏡湊近筆記本，凝視這條算式。那樣不是反而看不見嗎？

「不過，『害怕的心情』跑去哪裡了？」翔朝著宙的後腦勺詢問。宙抬頭看翔，接著看向葵。

「為什麼會出現『害怕的心情』？思考這一點，自然會得到答案。」

「為什麼會出現害怕的心情……？」

葵複誦宙這句話，噘嘴思索。右臉頰出現酒窩，好可愛。

「大概是因為可能被拒絕吧？」

她稍作沉默之後，回以極為中肯的答案。宙點頭回應，立刻讓鉛筆在筆記本遊走。簡單卻具備分量的算式出現了。

$x<y-z$

「什麼意思？」

「z是現在的幸福度，y是交往的幸福度，z是被拒絕的風險。」

宙簡潔回答遙的問題，接著在真希寫的「現在的幸福度」下方加上「x」、「交往的幸福度」下方加上「y」。換句話說，就是在真希寫的算式追加「z」這個新代數，用來計算被拒絕的風險。

這麼想就覺得「x<y−z」是相當冷酷的算式。

「這樣的話，z是機率嗎？這樣不合邏輯啊？」

「為什麼？」

遙沒受到教訓繼續詢問，接著翔默默拿起桌上的自動鉛筆。是真希的自動鉛筆。真希張開嘴似乎想說些什麼，但最後忍住了。

「想像成錢比較好懂。」

翔說完，在宙的筆記本寫下算式。字體和他的形象不同，給人一板一眼的印象。雖然寫得不算太好，但每一筆畫都不馬虎，易於閱讀。

$¥x < ¥y - \$z$

「可以想像嗎？」

遙看一眼就板起臉。現在一美圓是幾日圓？大約一百日圓？總之光是這樣無從計算。

「這樣很難懂啦，得用一樣的單位才行。」

「沒錯。四則運算只在相同單位的『數值』之間成立。而且我不認為『幸福度』與『機率』能以相同單位測量。」

翔將真希的自動鉛筆放回桌上，看向正前方的宙。「嗯……」宙輕呼一聲，雙手抱胸說：

「用來當成基準的要素，當然是幸福度吧。」

「可以把『機率』換算成『幸福度』嗎？」

宙看著翔，點頭回應。遙感覺手指在顫抖。宙咧嘴一笑，眼睛閃亮。

「使用『期望值』就可以。」

聲音聽起來有種得意洋洋的感覺。要開始了。遙以直覺如此確信。肯定沒錯，解得開。

宙稍作停頓之後說下去。

「正如字面所述，『期望值』是期望的數值。比方說某張彩券有二分之一的機率可以中一百圓，『$\frac{1}{2}\times100=50$』，期望值是五十圓。想像成『可獲得利益的平均值』應該比較好懂。」

宙還沒說完，手就以驚人的速度書寫。今天還沒動筆過，正想大展身手，他的手以這樣的氣勢高速寫字，手肘以下像是不同的生物，不對，如同某種精密的工廠機器，毫不休息持續躍動。

「表白之後，會得到『接受表白』或『被拒絕』的結果。假設前者的機率是P，後者的機率就是『1－P』。各自的幸福度，我想想……設為『Y_1』與『Y_2』吧。由此計算期望值就是……」

表白成功：機率＝P、幸福度＝Y_1

被拒絕：機率＝(1－P)、幸福度＝Y_2

告白的幸福度（期望值）＝$PY_1+(1-P)Y_2$

「這就是告白時的『幸福度期望值』。」

宙說著輕輕吐出一口氣，放鬆力氣靠在椅子上。椅背發出軋轢聲。克服一道障礙了。他的動作給人這種印象，但遙看不出解答的輪廓。求得「期望值」之後究竟會怎麼樣？

「所以，要怎麼做才知道該不該表白？」

真希在宙以袖口擦拭額頭汗水時詢問。葵與翔也以質疑的表情注視宙。宙依序看向三人，最後看著遙，露出笑容離開椅背。

「比較『不告白』和『告白』的狀況就好。」

宙說完，稍做休息的手以眼睛跟不上的速度動作，在筆記本追加兩行新的算式。

不告白的幸福度（期望值）＝X

$$X<PY_1+(1-P)Y_2$$

「我知道你用X代表『不告白的幸福度』……」

真希皺起眉頭，交互看著這兩行算式與宙的臉。

「不過下面這行是什麼？」真希問完，輪到宙皺眉。他思索片刻之後，像是想起什麼般扶正眼鏡，就這麼皺著眉頭說：

「嗯……我沒想名稱。不然叫做『戀愛不等式』怎麼樣？」

「戀愛不等式？」

四人驚訝到幾乎從椅子起身。不對，實際上遙真的起身了。

宙眺望四人的反應好一陣子，看著遙重新坐好之後，以手指撫摸自己寫的「$X<PY_1+(1-P)Y_2$」算式，緩緩說明。

「這個不等式成立，代表『表白』的幸福度大於『不表白』。不過當然是從『期望值』來看。」遙重新審視宙寫的算式一遍。算式共五行，她逐一仔細檢視。

表白成功：機率＝P、幸福度＝Y_1

被拒絕：機率＝$(1-P)$、幸福度＝Y_2

告白的幸福度（期望值）＝$PY_1+(1-P)Y_2$

不告白的幸福度（期望值）＝X

$X<PY_1+(1-P)Y_2$

看來，他確實在比較「表白」與「不表白」的狀況。

「懂了嗎？要是這條『戀愛不等式』，也就是『$X<PY_1+(1-P)Y_2$』成立，這個人就應該表白。因為表白比較幸福。」

表白比較幸福，遙暗自複誦這句話。這句話蘊含無法言喻的甜美音調。要是知道這件事，任何人肯定都會表白，沒有其他選擇。

可是……

遙非常在意一件事。

就是「期望值」這個詞。

「這個『期望值』很可靠嗎？」

看似美好的事物肯定有內幕，這是現代社會的常識。不對，不止是現代，或許堪稱是自古以來的常識。亞當與夏娃也是因為吃了美味的蘋果而被趕出樂園。「期望值」始終只是「期望」，不保證一定成真。也就是說，即使依照「戀愛不等式」表白，也不一定比較幸福。

遙試著想像這個不知名的寄件人，相信「戀愛不等式」而表白的狀況。明明覺得「肯定比較幸福」，結果卻被拒絕。由於期望很高，被拒絕之後的打擊也很大。

「期望值」始終只是「期望」。這種不確定的東西真的可以信任？

「『期望值』非常值得信任。」

宙隨手撥除遙的疑惑，面不改色語出驚人。

「應該說，我們一直只活在『期望值』之中。因為這個世界沒有百分百絕對的事。」宙的語氣充滿自信。而且遙知道，既然宙抱持自信這麼說，那就是真的。

「比方說，假設你們在公司上班。」

宙環視四人，以堅定的語氣述說。大家都沒說話，全神貫注聆聽。

「月薪是三十萬圓，薪水會在每個月固定的日子匯款。你們應該會為了薪水努力工作吧，不過，其實沒人保證你們百分百領得到薪水。說不定公司突然破產；說不定你們在發薪日前一天出車禍死掉。無論如何，要是發生意外，當然沒辦法顧及薪水問題。三十萬圓始終只是你們期望的金額。」

宙暫時停頓，看向窗外。太陽已經開始西下，卻依然高掛空中燦爛照亮地表，幾十億年如一日。不過，宙朝著太陽瞇細眼睛說：

「我們對明天一無所知。誰來決定太陽明天也和今天一樣東升？說不定太陽會在今晚爆炸啊？不過我們不會思考這種可能性，沒有這樣『期望』。我們『期望』不會變成這樣。我們要是沒抱持任何『期望』，連一天都活不下去。」

即使陽光刺眼，宙依然注視太陽好一陣子。遙看著他的側臉，然後試著看向太陽。近乎疼痛的刺激襲擊眼睛深處，她立刻別過頭去。

「懂了嗎？我們平常生活的時候，滿腦子都是『期望值』。就算是對戀愛抱持一點『期望』也無妨吧？」

宙總算從太陽移開視線，眨著眼睛這麼說。沒人對此表示意見，因此真希代表大家回應。

「的確如此。這麼想就覺得要不要表白得看『期望值』而定。」

「就是這麼回事。」

真希目不轉睛注視「$X<PY_1+(1-P)Y_2$」這條算式，皺眉拚命思考某些事。四人靜心等待片刻之後，真希終於開口。

「原來如此。比方說畢業典禮時之所以很多人表白，是因為X比較小。要是就這樣不採取任何行動，兩人將再也見不到面，幸福度趨近於零。」

確實。既然再也見不到面，就抱持不成功便成仁的決心表白。「戀愛不等式」也包含這樣的心態。既然「$X=0$」，怎麼想都是「$PY_1+(1-P)Y_2$」比較大。表白的期望值比較大。

「既然這樣，如果喜歡對方喜歡得不得了呢？」

葵接著左顧右盼這麼問。翔思索片刻之後回答：

「在這種狀況，會輪到Y_1變大。既然這麼喜歡，交往之後的幸福度應該也很高。不過說到底，要不要表白還是得看X跟P多大。」

「是喔，挺複雜呢。」葵噘嘴這麼說。窗外吹入一陣強風，馬尾朝側邊飄揚，兩面旗幟也迎風招展。

「那麼反過來說，什麼時候不應該表白？」

遙問完，宙迅速拿起鉛筆，毫不猶豫在筆記本寫下算式，並且對她說：

「將不等式反過來就好。就像這樣。」

$$X>PY_1+(1-P)Y_2$$

「要是X比較大，就代表自己滿足於現狀是吧？」

「P或Y_1比較小的時候也一樣。也就是表白應該不會成功。」翔補充說明之後，宙淺淺一笑。

「嗯，你說得對。」

「戀愛不等式……」遙交互看著「$X<PY_1+(1-P)Y_2$」與「$X>PY_1+(1-P)Y_2$」兩條算式。告知是否應該表白，如同魔法的不等式。X或P當然要自己想，否則這條不等式沒有意義。始終必須由提出委託的那個男生來解這條算式。而且即使

「$X<PY_1+(1-P)Y_2$」成立，對方也不一定會答應交往。因為這始終是「期望值」。

即使如此……

既然這是宙提出的答案……

遙抬起頭，默默點頭。

宙轉頭依序看向四人。眼鏡反射窗外射入的陽光，一瞬間遮住宙的雙眼。

「謝謝。如果沒有你們，我就沒辦法解答這個問題。」

宙說著張大嘴巴笑了。遙甚至驚訝他的嘴可以張這麼大。某處飛來一隻油蟬，停在窗框鳴叫。叫聲的節奏規律，維持一定的音量。

「『戀愛不等式』完成了。」宙高聲宣布。他的眼鏡再度反射陽光。

致某一年級男生：

您好，我們是數學屋。抱歉讓您久等了。我們已經解決您的煩惱。您是否真正「戀愛」，連我們也不曉得。怎樣的情感叫做「戀愛」？這個問題非常難，而且應該因人而異，我們決定不思考您的情感是不是「戀愛」。

所以，我們一起這麼想吧：「表白會不會比現在更幸福？」為此要導入名為

「幸福度」的數值。正如字面所述，「幸福度」顯示您感受到的幸福程度，代數則是以下列方式設定：

維持現狀的幸福度＝X

對方接受表白的幸福度＝Y_1

對方拒絕表白的幸福度＝Y_2

對方接受表白的機率＝P

很遺憾，我們不是您，所以上述數值請您自行測量。

首先，X的值很明顯，請審視現狀就好。接著是Y_1與Y_2，只要儘量據實想像自己未來的樣子，肯定自然就明白。至於P，請您以自己的直覺推測。測量結束之後，請思考下列算式是否成立：

$$X<PY_1+(1-P)Y_2$$

這是我們導出的「戀愛不等式」。如果您的狀況滿足這條不等式，您就應該向那位女生表白。相對的，如果「$X>PY_1+(1-P)Y_2$」就不應該表白。

狀況當然是隨時改變。即使現在不應該表白，數值也會隨著時間變化，該告白的時機或許會來臨。請隨時記住這條不等式。
將「表白」解釋成「傳達自己的想法」，您大概會不知道該怎麼說吧，所以我覺得單純對她說「想和妳交往」就好。前提是這樣可以提升您的「幸福度」。您看完這封信或許會困惑，因為我們回覆的不是「解答」，是「問題」。不過，當您解開這個「問題」，您肯定會自然找到自己該走的路。放心，抱持自信吧。
願我們的建議能解決您的煩惱。

數學屋　全體店員上

回信的內容是五人相互提出意見，最後由宙代表書寫。信紙一如往常使用遙拿來的活頁紙。時鐘顯示現在時間已經超過六點。西方天空染成紅色，往東看就逐漸化為紫色以及藍色。天然的漸層。雲朵火紅得如同燃燒的棉花，靜止在低空。
其他三人回去之後，宙與遙依然留在教室，坐在相鄰的座位注視窗外，天空正呈現如一流畫作般的景色。成為背景音樂的蟬鳴，不知何時只從遠處傳來。
「那個，宙……」

「嗯？」

「『黎曼猜想』是什麼？」

宙瞬間停止呼吸，然後又立刻恢復原本的節奏。少年沒回頭，繼續看著窗外。

「還有『質數定理』呢？」

我想知道。不對，我非知道不可。遙懷抱著強烈的念頭。

那本筆記本的內容，正是通往「數學世界」的橋樑。而且宙將其當成自己專屬的祕密藏起來。

當我發現那個東西的時候……遙在心中低語。

我以為我沒資格知道。完全幫不上忙的我，不應該介入這個世界。我原本當真這麼認為。

但我錯了。

宙不是神。會煩惱，也會求助。和我一樣是國中生。所以我非知道不可。必須知道宙究竟胸懷多麼遠大的想像。

因為，即使沒辦法一起背負……說不定，我好歹可以陪他一起煩惱。

「那個……宙……」

「妳從哪裡知道這個名詞的？」聲音有點嘶啞。不久，宙轉頭看向這裡。橙色陽光從側邊照射，右半張臉成為黑影。眼鏡後方的雙眼瞇細，嘴唇緊閉成一條線。

「你的筆記本跟圖書館的書，一直放在抽屜裡吧？你媽媽來學校的那個下雨天，我稍微偷看了一下。」

「啊啊，那時候啊……」

宙看著下方低語。臉每次改變角度，鏡片就反射黃色的光。某處傳來烏鴉的叫聲。

「我擅自看你的東西……對不起。」

「不，沒關係。不用在意。」宙朝著擺在桌上的筆記本一瞥，輕輕嘆口氣。

「那是我正在研讀的理論。是可能拯救世界的終極理論。」

世界……這個詞令遙肩膀一顫。

「是指我們現在居住的世界？還是『數學的世界』？」

「數學的世界？那是什麼？」宙瞪大眼睛詢問。左眼映入夕陽，散發玻璃工藝品般的光澤。遙看著他眼中的色彩看到入迷好一陣子，然後輕聲一笑。

「沒事。」

宙詫異地觀察遙的臉，最後從胸前口袋取出鉛筆，打開筆記本。完全空白的全新頁面。

「聽好囉？『質數定理』是……」

鉛筆隨著宙的聲音，在筆記本上滑動。如同熟練的舞者未曾靜止或停頓，行雲流水編織出文字。

一如往常的教室、筆記本、鉛筆、太陽。遙聆聽宙手邊響起的書寫聲，微微一笑。不要緊。這肯定是我所知道的世界。宙在這裡，而且太陽也沒有爆炸的徵兆。一如往常的一天，一如往常地即將結束。到了明天，一如往常的一天將再度開始。至少遙如此「期望」，深信不疑。

不過，第二天的開端，和遙的「期望」不太一樣。

熱愛數學的少年沒出現。

問題五

試描繪兩人關係圖

發明「戀愛不等式」的第二天，遙在平常上學的時間到校，班會開始前十分鐘抵達校舍入口。這是鞋櫃周邊學生人數達到巔峰的時間。雖然是早上，但氣溫早就升高。遙一踏入校舍，擁擠的氣息包裹著肌膚，令她皺眉。蟬停在校舍周圍的樹上測試嗓子，為漫長的一天開始做準備。

遙鑽過嘈雜的人群來到走廊，嘆了一口氣，感覺得到額頭冒汗。看來今天會比昨天還熱。遙有些憂鬱地走向階梯。

「啊，妳是……」

由於聲音來自後方，又夾雜在學生們的交談聲中，遙剛開始沒發現這句話是對她說的。她就這麼繼續前進，隨即一名四十多歲的女性快步繞過來，擋在蹙眉的遙前方，露出微笑增加許多皺紋。

「妳果然是遙吧？神之內的女性朋友。」

遙愣住好幾秒，才想起這個人是誰。是圖書館的阿姨。她一如往常將染成烏黑的頭髮綰在後方，露出活潑的表情。看她單手抱著三本書，大概正在忙工作。話說回來，明明只交談過一次，不曉得她為何一副裝熟的態度。

「……好久不見。」

「真的很久不見了，妳最近怎麼沒來圖書館？神之內倒是很常來。玩手機或玩遊戲也不錯，但還是趁年輕多讀點書吧。」

她不知為何突然抱怨起來。無數學生朝兩人一瞥就快步經過。遙掛著抽搐的笑容，隨手從口袋取出手機假裝看時間。但館員阿姨似乎不太在意，繼續聊她現在推薦的書，或是國中生該看的書。

「請問找我有什麼事？」

「……啊，對了對了，我差點忘記。」

館員阿姨說完露出笑容，臉上的皺紋增加約五倍。她沒拿書的手伸進口袋，取出摺成手心大的紙張。

「神之內今天一大早來圖書館，要我把這個轉交給妳。我本來想等妳下次來圖書館再給，不過既然現在遇見就順便給吧。」館員阿姨將紙張遞給遙。紙張表面印著行線，看來原本是活頁紙之類。從厚度來看，應該是好幾張紙一起摺成這麼小。遙從各種角度觀察之後歪過腦袋。

「那孩子怪怪的對吧？居然說『我用不到借書證了，所以還給您』，還把借的書全部歸還了。究竟怎麼回事？但他原本就是一個怪孩子……」

館員阿姨說到這裡拿出借書證，同樣遞給遙。遙像是掬水般合起雙手，目不轉睛注視手心上的兩張紙。居然用轉交的……為什麼？等我到教室再親手給我不就好了？而且他用不到借書證了？明明那麼頻繁利用圖書館，還和館員阿姨這麼熟……

這樣簡直是……

遙驚覺不對，突然拔腿就跑。後方的館員阿姨不曉得還在說什麼，但她無暇在意這種事，將兩張紙塞進裙子口袋，三步併兩步衝上樓。

不對。不可能這樣。

好的期望與壞的期望，兩者像是衛星在腦袋周圍運轉。遙跑上二樓，風也似地穿過走廊，幾乎以滑壘動作衝進二年B班教室。

首先映入眼簾的是沒就座、各自在不同角落聊天的同學。但是和平常不一樣。某些地方不一樣。完全聽不到一如往常的清脆笑聲，大家的表情沒有活力。教室籠罩著沉重的氣氛，所有人都困惑地低聲交談。

然後，遙看見了。不對，她沒看見。

遙與宙座位所在的靠窗後方，數學屋直到昨天的據點。

本應位於那裡的兩面旗幟，消失得無影無蹤。熱愛數學的少年也不在了。

「遙！」

真希從教室中央跑到門口。

「旗子為什麼不見了？而且宙也……他明明總是在那裡看書……」

遙無法回應，只能佇立在原地，心不在焉環視教室。仔細一看，連不同班的翔與葵也來到她身邊，皺眉看著她。

「不止是旗子，海報也不見了。校舍門口、走廊、階梯轉角，全部海報都不見了。那個傢伙的置物櫃也是空的。究竟怎麼回事？」

翔像是逼問般質詢遙，但語氣沒有往常的魄力。不祥的預感撼動他體內核心，剝奪聲音的力道。

遙看向翔，接著再度將視線移回自己桌子。兩張桌子被棄置般的孤單模樣，不是遙熟悉的早晨光景。教室響起他人竊竊私語的聲音。此時，開始上課的鐘聲冷漠響起，不久，班導木下老師進入教室。老師經過佇立在門邊的遙身旁，環視教室。接著他似乎察覺某些地方不對勁，露出疑惑表情詢問遙。

「怎麼了？發生什麼事嗎……？」

木下老師剛說出口，心裡似乎就有底了。他眉頭一顫，目光迅速從遙身上移開。但遙沒看漏。

「木下老師！宙他……」

遙用求助的語氣詢問。真希、翔與葵也將視線投向老師，倒抽一口氣。老師左顧右盼，反覆開闔雙唇欲言又止，最後低頭看著遙說：

「……這是當事人的意願。神之內的母親來學校的那一天，他就親口要求我幫忙保密。」

持續至今的喧囂聲像是退潮般消失。連窗外的蟬鳴似乎也被寂靜吞噬。老師停頓片刻之後說下去。

「神之內昨天轉學離開這間學校了。基於父親工作的需求，全家要搬到美國波士頓。」

「美國？」遙大喊之後差點昏倒。忘記呼吸的方法、心臟不規則地鼓動。她腿軟站不住時，真希連忙扶住她的肩膀。

宙搬到美國。被真希從後方抱住的遙，拚命試著想像這幅光景，但大腦無法順利運作。波士頓在哪裡？搬家是什麼意思？而且數學屋怎麼辦？思緒完全無法整合。嚥下的口水進入氣管，使得遙劇烈咳嗽。

「我就覺得不對勁……」真希按摩遙的背，輕聲低語。

「因為他看起來似乎在焦急。」

遙深呼吸調整氣息之後，轉身看向真希。真希也稍微抬頭，瞇細雙眼眺望遠方。翔在真希身後微微嘆氣，有氣無力地說：

「是啊。他大概想儘早得出結論吧。既然要搬家，就沒時間迷惘。」真希與翔轉頭相視，各自扭曲嘴唇，如同吃到什麼很苦的東西。

「等一下。又是焦急又是迷惘，你們究竟在說什麼？」

遙插嘴之後，真希瞪大雙眼注視遙。她放開扶住遙肩膀的手，退後一步，目不轉睛凝視遙的雙眼。妳真的什麼都不知道？真希的雙眼默默傳達這個訊息。

「什麼嘛，原來妳沒發現？」翔同樣驚訝地睜大雙眼這麼說。

「寫那封戀愛諮商信的人，就是宙自己啊？」

這一瞬間，遙的心臟如同要爆炸般用力跳動。過量的血液在全身奔馳。手腳麻痺、眼冒金星，誤以為地面從腳邊崩塌。真希再度扶住遙的肩膀。

「我也不知道這件事。你們怎麼知道的？」葵擔心地看著遙，然後詢問翔。翔沉默片刻，以壓抑情感的聲音回答。

「……那個傢伙的筆記本。我偶然看到撕頁的痕跡。」

努力調整呼吸的遙，想起「某一年級男生」寫的信。右側留下扭曲撕頁痕跡的筆記本內頁。

「寄件人的署名隨便造假就好。只要謊稱是『一年級』，就不會被發現是他自己寫的。字寫得異常潦草，應該也是為了隱瞞平常的字跡。」

「那麼真希也是？妳也看過宙的筆記本？」

葵說著轉身面向真希。遙也轉頭看向身後的真希。

「我只是基於直覺。我看到宙昨天的樣子，就大致知道了……」

真希說完低下頭，似乎微微咬著嘴唇。遙輕輕離開真希的手，以顫抖的指尖摸索裙子口袋，從兩張紙之中緩緩取出摺起來的那張。

「……那是？」

葵看著遙的右手心詢問。遙雖然張開嘴巴，卻像是喉嚨哽住般發不出聲音。

「那封信，應該是表白。」

翔如同代替遙般這麼說。黝黑的少年注視嘴唇顫抖的遙，繼續說下去。

「遙，妳已經知道了吧？宙信裡提到的『某個女生』就是妳。那個傢伙想知道是否該向妳表白，才寫了那封信。這麼做不為別的，正是為了找妳商量。」

嘴巴好乾，沒辦法好好吸氣。即使如此，遙依然將冒汗的手掌握緊又放鬆兩、三次，試著平復指尖的顫抖。她閉上雙眼做個深呼吸，下定決心打開信。信紙似乎來自筆記本，但切口筆直得像是以美工刀切割而成。

遙看著信裡舞動的圓滾滾文字。這封信總共有三張。

致　遙同學：

抱歉我突然離開。

我請老師保密，打算自己告訴妳，但我實在說不出口。

所以，我決定寫信告訴妳。

今年七月，我將搬到美國的波士頓。

爸爸發現數學的新定理，被美國的大學延攬。

所以，我和媽媽也會一起去。

我們也可以選擇留在日本，但是爸爸到最後不允許。

爸爸說：「在美國接受優秀老師的教導，會更快實現夢想。」

還說我可以破例到爸爸的大學上課。

我覺得要是能去美國，我的學業會突飛猛進。

可是，我不想去美國。

其實我想繼續和妳一起開數學屋。

我不知道該怎麼形容這兩個月感受到的心情。

真要說的話，如果以我唯一的專長來形容……

y－x=0

妳是x，我是y。

如果沒有妳，我什麼都做不到。

不止是數學屋沒辦法順利經營，應該也交不到朋友。

都是託妳的福。

謝謝妳。

要是今後也能繼續和妳經營數學屋，不曉得是多麼美妙的事。

y－x=0

變化一下就是「y=x」。

畫成圖形，是一條不斷往上，無盡延伸的直線。

好想像這樣和妳走下去。

可是，我已經做不到了。

我非得前往美國。

數學屋的店長，由妳接棒吧。

放心。
妳肯定可以經營得很好。

還有……
我對妳抱持某種至今未曾體驗的奇妙情感。
和感謝不一樣，是更加模糊朦朧的情感。
看來到最後，我們沒能解析「戀愛是什麼」。
所以，我不確定這是不是戀愛。
我不知道這份情感怎麼稱呼，也不知道該怎麼處理。

不過，我只知道一件事。
對我來說，妳是一個特別的人。
特別到任何人都無法取代。
能夠認識妳，真的太好了。
真的謝謝妳。

宙上

信本身只用了兩張信紙，最後的第三張信紙，只在正中央寫上「$y-x=0$」這條算式。在遼闊的空白之中，孤單浮現的短短算式。這條算式簡潔、正確地表現出宙的想法。

看完信的遙，這次真的站不住了。她全身無力，雙腳跪在地上。教室地板冰涼的讓人感覺寒冷。她雙手無力下垂，恍神仰望天花板。日光燈的光直接射入眼中，但她完全不覺得刺眼。眼睛的感光功能似乎急速退化。

真希難過地看著這樣的遙，不久，她忽然倒抽一口氣。

「可是，這樣很奇怪吧？記得『戀愛不等式』必須考量『表白被接受』以及『表白被拒絕』的狀況吧？但他居然只留一封信，不等回應就跑掉……」

「『戀愛不等式』有個致命的缺陷。」

翔打斷真希的話語這麼說。葵與真希疑惑地轉頭相視。遙依然心不在焉仰望天花板。

「很簡單。『X』和『$PY_1+(1-P)Y_2$』中間，並不是只有『<』或『>』。有時候也會是『=』。」翔繼續說下去。他的聲音平靜得不太自然，似乎在拚命克制顫抖。「我不知道宙究竟用什麼方法測量『數值』。不過，要是算式兩邊基於某個原因以『=』相連，就可以解釋他為何做出這種莫名其妙的行動。」

「戀愛不等式」的致命缺陷……翔的話花費好一段時間才緩緩滲入茫然仰望天花板的遙腦中。

「戀愛不等式」依照不等號的方向決定該採取的行動，如同魔法的不等式。「$X<PY_1+(1-P)Y_2$」就應該表白。但是「$X>PY_1+(1-P)Y_2$」的時候不可以表白。那麼，「$X=PY_1+(1-P)Y_2$」的時候呢？

遙被「不等式」這三個字迷惑，所以至今沒察覺。

但是翔說得對，也可能出現「＝」的狀況。

不可以表白，也不可以不表白；不可以行動，也不可以不行動。走在狹窄道路的途中，進路與退路同時封鎖，甚至不允許停留在原地。宙正是陷入這種狀態，受困於沒有終點的數字迷宮正中央……

即使如此，我卻完全沒察覺……

「我一定要去……」遙搖晃起身低語。周圍的學生們同時倒抽一口氣。遙朝門口走了兩三步，木下老師連忙擋住去路。

「等一下，天野，妳說要去，究竟是要去哪裡……？」

「……請讓路。我要去追宙。」遙無神地說完，搖搖晃晃要經過老師身旁。老師迅速往旁邊伸手，在門前構築防線。

「天野，冷靜一點。神之內應該已經不在家了。他好像是在成田搭中午的班機。」

「既然這樣，我更沒空冷靜下來！現在就得去……如果現在不去就來不及了……！」遙近乎吶喊般訴說，和至今失魂落魄的語氣截然不同。老師只在一瞬間像是被震懾般沉默，接著為難地說：

「就算這樣，我也不能放任學生蹺課……」

「妳去了之後，打算怎麼做？」

翔在木下老師說到一半時詢問遙。老師看著翔似乎想說什麼，但三分頭少年看都不看他一眼，走到兩人旁邊之後注視遙。

「就算妳追到他，也沒辦法做任何事吧？無論如何，那個傢伙非得去那個叫波士頓的地方。」

「這……」

遙低著頭無法回應。一點都沒錯。我就算追到他，也沒辦法做任何事，甚至不曉得該怎麼回信。何況到頭來，宙根本不希望我回信。現在見面可能會害得宙更加痛苦。既然這樣，去追他根本沒意義……

「好了啦，別再一直煩惱了。」

遙突然被人從身後一拍而踉蹌。她驚訝轉身一看，真希單手扠腰投以溫暖的視線。遙覺得她的眼神好像母親。

「只要妳心中某處有一點點掛念，那就去吧。」

「沒錯沒錯，與其煩惱不如先行動喔！」葵接著這麼說，旁邊的翔輕聲一笑。

「成田很遠喔，要去就快去吧。」

「各位……」

遙沒能說下去，只有默默感受三人的好意。接著她迅速轉身，像是要以視線射穿般，筆直注視站在門口的木下老師。

「就說了，我不能准許這種事，要我說幾次……」

老師這番話再度被打斷。遙身後竄出的人影撞上老師的腰，狠狠將他推到門外。老師被撞到走廊並排的木製置物櫃才總算停住。至此，遙才終於察覺是翔衝撞老師。

翔將老師按在置物櫃，輕聲這麼說。老師的力氣終究比較大，翔隨時會被推開。遙不知所措時，真希輕推她的背。下一瞬間，遙回神的時候已經衝出走廊。老師撥開翔伸出雙手，遙像是迴避觸殺的跑者，扭身鑽過老師的兩條手臂，全力跑向

「……去吧。」

階梯。老師沒有繼續追過來。

遙三步併兩步衝下階梯，跌跌撞撞來到鞋櫃前面，甚至等不及換鞋，雙腳套進社團活動使用的運動鞋之後，將室內鞋扔在地上，書包也一起扔下，變得輕盈的身體一鼓作氣衝向校門，劃破蟬鳴以及地表冒出的熱氣全速衝刺。裙子隨著她的腳步飄揚，但她沒有餘力在意這種事。

穿過校門來到田間道路，遙依然沒減速不斷奔跑。要快，還要更快。田間道路是柏油路，但是從農田濺出來的泥土遍布路面形成斑點。遙好幾次打滑，每次都大幅失去平衡，卻在千鈞一髮之際撐住沒跌倒。兩旁是遼闊的玉米田。在逐漸攀升的太陽與不時吹拂的微風中，翠綠之海揚起波濤閃閃發亮。幾乎所有玉米都已經超過遙的身高，還結出數個細長的果實。收割的季節即將來臨。

遙氣喘吁吁，穿過農田之間如同峽谷山路的小徑。矗立在兩旁如同高牆的玉米，阻絕了風的吹拂。遙突然覺得熱氣包覆身體，額頭與背上驟然冒汗。

明明說好要一起幫忙收割……

遙用力咬緊牙關，朝雙腿使力，視線朝向遙遠的前方。玉米田轉眼之間消失在身後。遙遲疑片刻之後，沒有轉彎前往宙的家，而是沿著通往車站的道路直走。如果相信老師的說法，那麼宙已經不在那個家了。遙在消防局旁邊轉彎，衝回自己家。

她粗魯打開玄關大門，在門還沒完全關上的時候就脫掉鞋子，沒打招呼就衝進臥室跑向書桌，從第一個抽屜取出褐色信封，像是要撕破信封般打開。

三張千圓鈔票。

宙幫忙規畫省錢計畫至今剛好兩個月，再兩個月就能存到買手套的錢。但遙毫不猶豫將辛苦存下的三千圓放進錢包，將錢包塞進和信件不同側的口袋，一個轉身就回到玄關。

「遙？怎麼沒上學？」

遙無視於後方媽媽的聲音，迅速衝出玄關。大概是在房間站了一段時間，呼吸一下子變得紊亂，心臟收縮到極限，肺部到喉嚨乾燥刺痛，手腳麻痺，身體沉重得像是鉛塊，但是不能停下腳步。她將嘴唇咬到幾乎滲血，漲紅臉蛋跑向車站。

一踏入車站內部，上行電車剛好進站，響起鋼鐵摩擦的刺耳聲響。遙在售票機購買最便宜的車票，鞭策發抖的腳在站內奔跑。她聽著停車時的背景音樂，屏息衝上彷彿無盡的階梯。接著是「車門即將關閉，請小心」的廣播。遙就這麼閉著氣，朝通往月台的階梯往下走。

來得及……！

麻痺的大腦想到這裡時，眼前出現滿滿的閃爍光點，如同七色螢火蟲，還來不及看到著迷，就填滿腳邊到天花板的所有空間，一瞬間剝奪遙的視野。

慘了，缺氧……！

往下的階梯才走到一半，但視野完全被光點塗滿。廣播結束，寂靜降臨。這個寂靜是以會被打破為前提。再過兩到三秒，電車門將同時關閉。這麼一來，將會多花時間等待下一班電車。

而且，宙會在這段時間更加遠離……

「唔！」

遙下定決心閉上雙眼，任憑重力牽引身體。雙腿配合落下的身體輪流微微往前踏，一階一階迅速往下跑。不對，是往下墜。要是踩空可不會只以疼痛了事，而且全身細胞都確實需要氧氣。腿部抽筋，遙還以為肌肉和骨頭分離了。即使如此，遙依然繼續驅動雙腿。

然後，遙跑下階梯了。在視力被剝奪的狀態戰勝恐怖與疲勞，完全沒有減速。她在階梯盡頭突然變平坦的地面往前撲，差點跌倒。但她如同過彎的競速滑冰選手傾斜身體，以單手支撐體重。斜前方傳來「噗咻～」像是輪胎洩氣的聲音。是電車自動門即將關閉的奇妙聲音。遙朝著聲音傳來的方向伸出右手，伸直到肌肉幾近撕裂的程度。

響起「咚」一聲沉重的聲音，指尖隨即傳來槌子敲打般的劇痛。遙咬緊牙關，拚命忍著別喊出聲。劇痛如同電擊走遍全身的同時，再度發出「噗咻～」的洩氣聲。夾住手指的門往兩側開啟。遙竭盡雙腿最後的力氣，如同委身於覆蓋視野的七色光輝，倒在前方的空間。身體噗咚一聲倒在車內地面。冰涼的觸感在臉頰擴散。

後方的門隨著「啪咚」的聲音關閉。

「聽好囉？『質數定理』是……」

完成「戀愛不等式」的那一天，遙詢問筆記本的內容時，宙以這句話為開場白。窗外射入的夕陽，使他的眼鏡反射橙色的光輝。筆記本寫下遙上次偷看到的那條算式。

$$\pi(n) \sim \frac{n}{\log n} \quad (n \to \infty)$$

「寫成算式就是這樣。這個定理可以計算1到n之間究竟有多少質數。」

「可是，π是圓周率吧？和質數有什麼關係？」

遙說出最初看到這條神祕算式時的疑問。「π≒3.14」。記得去年就學過這個。

「啊啊，這個π不是圓周率。」不過，宙微微放鬆嘴角簡單回應。「『π(n)』是連在一起的，這個符號代表『1到n的質數個數』。就像這樣。」

$\pi(2)=1$

$\pi(3)=2$

$\pi(10)=4$

呃，十以下的質數是二、三、五、七吧……遙在腦中迅速排列數字，注視筆記本寫的三條算式。二以下的質數不用說，只有一個。三以下的質數是二、三共兩個。十以下則是四個。

「如果n是十，只要慢慢數就好吧？」宙像是給遙時間思考般沉默片刻，然後緩緩述說。

「但如果n是一萬、十萬或是更大的數字，就實在無法逐一計算。所以才會出現『質數定理』，用來大略計算『不大於n的質數個數』。」

「大略？」遙不禁反問，「明明是數學，卻不知道正確答案？」

「數學也有例外。」宙笑著說完，以鉛筆筆尖輕輕撫摸筆記本上的奇怪算式。

「妳看，上面有『～』或『→』這種怪符號吧？這兩個符號是一組的，意思是n愈接近無限，『～』就愈接近『＝』。所以n愈大，這條算式就愈正確。反過來說，n愈小，這條算式就愈籠統。」

宙說到這裡抬頭觀察遙的表情。遙皺著眉頭，額頭流下幾道汗水，目不轉睛看著筆記本。少年沉默片刻之後說下去。

「換句話說，依照『質數定理』，1到n之間的質數大概是$\frac{n}{\log n}$個。n愈大，誤差就愈小。質數乍看是不規則分布，所以找出箇中規律的『質數定理』是畫時代的發現。」

宙以相當簡單的字詞說明，讓遙比較好懂。遙注視算式豎耳聆聽，以免聽漏任何一個字，讓大腦全速運轉，拚命跟上話題步調，但是無論如何都無法想像。

數學居然出現「誤差」，這究竟是怎麼回事？n愈小，誤差就愈大；相對的，n愈大，誤差就愈小。這一點她也搞不懂。何況到頭來，「logn」是什麼？

愈是思考，不懂的地方就愈多。「$\pi(n) \sim \frac{n}{\log n}$ $(n \to \infty)$」。明明是這麼短的算式，仔細檢視卻發現內部複雜得如同精密機器，甚至不給遙任何思考的著力點。

遙在桌面底下緊握拳頭。接著，宙的下一句話令她懷疑自己聽錯。

「『質數定理』是在一七九一年，高斯十四歲的時候發現的。」

遙以為這是開玩笑或是講錯，猛然抬頭面向宙。但眼前是一如往常面無表情的他。平鋪直敘，省略情感的平淡表情。

「那不就和現在的我們差不多大？」

遙戰戰兢兢詢問，宙若無其事點頭。遙不禁嘆息。到了這種程度，已經超越驚訝達到無奈的境界。遙苦笑說：

「高斯好厲害。像我連這條算式的意義都不知道。這個世界果然有天才。」

「天分確實是重要因素之一吧，但是可貴的不止這一點。」

遙講得有點不負責任，宙則是沉穩回應。聲音溫柔得如同家長在教導孩子。

「高斯並不是光靠天才的靈感就發現『質數定理』，反倒是腳踏實地，土法煉鋼到驚人的程度。他剛開始是專注計算質數。當時已經有一萬以下的質數一覽表，所以他自己計算接下來的質數。」

一萬以上的質數。遙試著想像，立刻知道自己做不到。到頭來，遙甚至無從判斷第一個候選數字「一〇〇〇一」是不是質數。

「10001＝73×137……」

宙如同看透遙的內心般低語。他的計算速度快得驚人，但遙也相當習慣了，默默等待他說下去。

「要確認一〇〇〇一是不是質數，只能用『10001÷3,10001÷7,10001÷11……』這種方式持續除下去。一〇〇〇一算完輪到一〇〇〇三，而且不曉得要計算多久才看得出規律，說不定永遠看不出來，如同不知道終點在哪裡的馬拉松，辛苦程度肯定非比尋常。」

宙的視線移向窗外，遙也跟著看向窗外。夕陽已經半邊躲在山頭後方，綻放最後的光輝。鮮紅光芒點綴稜線，狹長的雲染成米黃色，靜靜浮在空中。些許蟬鳴在遠方迴盪。

「收集『數值』，然後思考。他使用的步驟絕對不特別，和我們平常做的一樣。最重要的不是天分，是毫不放棄，靜下心來不斷思考。這才是事成的關鍵。」宙看著逐漸沉入餘暉的操場這麼說。某處傳來烏鴉的叫聲。

「可是，花這麼多時間調查，居然也只能『大略』知道，質數果然好難呢。」

「不過，據說某種方法可以更正確分析質數的分布，而不是大略知道。」宙說著移回視線，以鉛筆筆尾扶正眼鏡。遙像是被吸引般注視他的雙眼。

「就是十九世紀的數學家黎曼提出的『黎曼猜想』，我想解開的終極定理。這是一百五十年來，沒有任何人成功證明的未解決問題。」戴眼鏡的少年微微放鬆嘴角，開心地解說起這個「終極定理」。

經過第三站的時候，遙的呼吸總算平順，她以手機搜尋轉乘資訊。能夠最快抵達成田機場的路線，是從日暮里站轉搭特快車，十一點二十四分可以抵達，單程票價三千六百八十圓。遙提心吊膽看向自己錢包的零錢格。五百圓硬幣一枚、一百圓硬幣兩枚，還有幾枚十圓硬幣。加上從家裡拿出來的三張千圓鈔，剛好能支付單程車錢。但是不用說，她幾乎沒錢回家。

遙思考自己能不能買半價兒童票，因為她一年半之前也是小學生。但她立刻想到自己身穿國中制服，輕輕嘆氣。這樣沒辦法偽裝成小學生。在這種時候，穿制服非常不便。何況她還在意另一件事。木下老師提到「中午的班機」。遙沒搭過飛機，但至少知道飛機不像電車輕易就能搭乘。應該得大幅提早辦理登機手續。十一點二十四分抵達機場的車次追得上嗎？遙試著在腦中計算。

宙一大清早先到圖書館，將信託付給館員阿姨。圖書館是早上七點半開門，所以宙是在這之後出發前往車站。另一方面，遙在八點半遇見館員阿姨。雖然剛才幾乎是全速跑到車站，但是在教室拖了一段時間，不見得能拉近差距。最好認定和宙剛好相差一小時。

一小時……遙在剛才的轉乘資訊，查詢更早之前的特快車班次。日暮里的特快車剛好每二十分鐘一班，這麼一來，推測宙搭乘的是十點二十四分往成田機場的特快車……遙瞪著手機畫面時，列車發出喀咚喀咚的聲音減速。她連忙抓住吊環，列車隨即緩緩駛進藤澤站。感覺好像搭了很久，不過從大磯算起才第四站。要到日暮里得先在東京換車，但東京是第十一站，搭車時間約一小時。想到必須從東京改搭山手線再轉搭特快車就眼前一昏。

遙在逐漸擁擠的車內移動到角落，將手伸進右邊口袋。裡面是宙寫的信，以及另一張紙。遙隨手拿出借書證。掌心大的紙卡上，細長行線之間寫滿各種書名。

遙不經意發現一件奇怪的事。宙主要借閱的是《高斯傳記》與《高斯與質數》等數學書籍，不過中間混入幾本明顯不同類型的書。

《簡單易懂——壘球規則介紹》

《壘球入門書》

《農作物的栽培法——玉米篇》

看書名就不像是宙會看的書。遙像是要解碼般，蹙眉注視紙卡好一陣子，不久，她的身體猛然顫抖。從短袖上衣裸露的手臂，整個冒出雞皮疙瘩。車內冷氣強到有點冷，但原因不止如此。

（我是壘球社！雖然會用手套，但是和棒球不一樣！）

（你想拯救世界，卻不曉得玉米？）

全都是我說過的話……遙想輕聲說出這句話，喉嚨卻乾到發不出聲音。不經世事、沒常識、和社會脫節……宙在意遙的每一句指摘，而且以他自己的作法試圖改變。夾在數學書籍之間的這些書，清楚顯示這一點。

遙將借書證收回口袋，改為拿出宙的信。她緩緩打開摺起來的信，一張張閱讀。不期望回信，單方面傳達訊息的信。

即使是維持現狀，或是表白之後被接受或拒絕……無論如何，宙都非得前往國外。不管遙的心意如何，命運不會改變。在任何狀況，迎接宙的「幸福度」都一樣。換句話說：

$X=Y_1=Y_2$

$PY_1+(1-P)Y_2$

$=PX+(1-P)X$

$=X$

因此，「$X=PY_1+(1-P)Y_2$」……

遙任憑電車晃動，在腦中計算這條殘酷的算式。「戀愛不等式」的盲點。兩條算式無情地以「＝」相連。無法前進或後退，甚至不容許留在原地。遙目睹宙面臨的最淒慘解答，感覺胸口一緊。

兩條算式以「＝」連結的可能性。這或許是容易忽略的細節，但那名數學少年不可能沒察覺。宙應該是在「＜」或「＞」出現的時候，就立刻想到這個可能性。對，宙早就知道了。大概是在發明「戀愛不等式」的時間點就已經知道，並且刻意隱瞞，假裝沒發現這個最淒慘的解答……而且，恐怕是為了遙才隱瞞。

遙看完前兩張紙，看向最後一張紙。「y－x＝0」。只寫這條算式的筆記本內頁。

「笨蛋……」

遙看著列車行駛的方向低語。但她的聲音被車輪與車身如同慘叫的聲音蓋住，沒傳入周圍人們的耳中。窗外風景增加許多高樓大廈。

在拉著大行李的許多旅客之中，身穿制服而且雙手空空的遙明顯格格不入。周圍的人們不時偷看她，但這種事一點都不重要。遙在列車即將進站時，迅速移動到門前。特快車緩緩駛進月台。成田機場。肯定沒錯，是宙離開日本的機場。遙看向手機螢幕。十一點二十三分三十二秒。剛才在車上，她一下子擔心電車誤點的話怎麼辦，一下子期待可能會早點到，不過這一切都是多餘的。日本電車的時刻表精準到殘酷的地步。

列車發出「嘰、嘰」的刺耳聲音，減慢到快步走路的速度，再變成徒步的速度，最後達到無法辨別是否在移動的程度。遙靠近車門到幾乎將鼻頭貼在門上，壓低重心朝雙腳蓄力。列車隨著「喀咚」的聲音完全停止。接下來只要短短幾秒就開門，遙卻覺得這幾秒漫長無比。一滴汗水流經耳邊，停在下巴。

響起「噗咻～」像是洩氣的聲音。遙在門還沒完全打開之前就衝出去，身體傾斜到手幾乎撐地，轉彎跑向剪票口。停在下巴前端的汗珠因為離心力而飛濺。汗珠落地留下水痕時，遙已經跑到好遠的前方。

遙接連超越從其他車門下車的乘客，飛也似地奔馳。她一邊跑，一邊拿出在日暮里買的特快車車票，沒減速就通過剪票口。就這麼一鼓作氣追上宙吧！遙如此心想並咬緊牙關時，看見前方出現數個服務櫃檯。遙毫不猶豫衝向其中一個。

「要送機是吧，請出示身分證件。」

櫃檯女性的聲音，聽起來像是慢速播放。遙從口袋抽出錢包，取出國中學生證。女性接過證件，以手指撫摸數個項目確認，在手邊的備忘錄寫字。這些動作也感覺非常緩慢。遙著急得不禁原地踏步。

「可以了，請通過。」

遙一聽到這句話，就從櫃檯女性手中一把搶回學生證，再度全速奔跑。她毫不減速，衝到車站裡通往機場的電扶梯，三步併兩步往上跑，在腦中整理情報。搭機之前，一定要在機場裡辦登機手續。遙在搭特快車的時候，以手機查過大致的登機程序。托運行李之後檢查護照，最後接受安檢。安檢就是以X光檢查金屬物品的那道門，不搭機的人終究不可能突破。檢查護照的關卡也一樣，不可能讓雙手空空的國中生通行。既然這樣，必然得在托運行李的時間決勝負。

我一定要追上。遙下定決心，緊握雙拳。

但是遙衝上電扶梯之後，不禁停下腳步，為眼前展開的光景愣然。

這裡似乎是托運行李的樓層。長長的櫃檯坐著許多服務員，俐落進行托運行李的程序。而且這種長長的櫃檯不止一座。比操場還寬敞的空間裡，接連設立許多櫃檯，而且櫃檯前面大排長龍。此外，托運行李完畢的人，以及正要托運行李的人在各處往來，斷斷續續遮擋遙的視線。

要在這裡找出唯一要找的人……？

遙呆呆佇立在距離電扶梯好幾步的位置。許多人拖著行李箱經過她身邊。小輪子轉動的聲音、嘈雜的說話聲，以及莫名高亢的廣播聲混合成一團，如同波濤湧向遙。

怎麼辦……差點哭出來的遙暗自低語。

光是這層樓就有好幾百人，說不定還更多，她不可能逐一確認，何況宙說不定已經通過這層樓。此外，遙甚至連時限都不曉得。但是遙無暇慌張。與其煩惱不如先行動。遙鼓舞自己，全速跑向牆壁。那裡是樓層側面高掛的電子公告欄。遙穿梭在密度增加的人群中，一鼓作氣抵達公告欄前方。

接下來起飛的班機，飛往波士頓的有……

遙從上方依序檢視公告欄顯示的地名。她壓抑慌張的心情，慎重逐一檢視，看到最下面一行之後再看一遍。

不過，她沒找到飛往波士頓的班機。

感覺像是計算結果和模範解答不一樣。遙拚命尋找自己的錯誤。潛藏在某處的小失誤。她專注回溯自己的思考過程，找出這小小的痕跡。

「難道說，不是直飛波士頓，會在其他地方轉機？」遙輕聲說完，連忙從上到下再看電子公告欄一次。

遙不知道波士頓在美國哪個位置，但如果要轉機，應該是美國或加拿大的機場。遙運用所有地理知識，逐一審視地名。

找到了……！

公告欄的正中央，有「華盛頓特區」與「芝加哥」的文字。記得都是美國地名。除此之外盡是「首爾」、「曼谷」等亞洲地名，或是「倫敦」等歐洲地名。雖然不曉得「赫爾辛基」在哪裡，但她覺得這個地名不像在美國。候選的班機只有「十二點飛往華盛頓特區」與「十二點三十分飛往芝加哥」這兩班。前者顯示「登機中」，後者顯示「現正辦理出境」。不過兩者都符合木下老師所說的「中午的班機」。搭乘飛往華盛頓特區的班機要到「南翼」，芝加哥的班機是「北翼」。遙現在沒空調查兩個班機。

往北？還是往南？機率是二分之一，但遙不能碰運氣瞎猜。至少宙肯定不會選擇這種方法。那名少年肯定是抱持絕對的確信才會行動。不能光憑直覺或衝動，更不能靠運氣。要收集「數值」思考。宙說過，這是數學的基本。遙指尖按著太陽穴，閉上眼睛低頭，如同宙調閱自己記憶的動作，將所有能量集中在大腦。遙找遍大腦每個角落，拚命挖掘今天早上到現在收集的「數值」。

然後，她搜尋到一個記憶。

電車裡，以手機調查的登機手續。

記得上頭記載了注意事項。不太顯眼，一個不小心就會跳過沒看。不過，上頭確實是這麼寫的：

「登機手續費時，請在出發前兩小時抵達機場。」數值與數值在腦中串連，成為通往終點的一條繩索。推測宙搭乘的電車，是十點二十四分抵達機場的特快車。兩小時後是十二點二十四分。若要搭乘十二點的班機，這個時間抵達機場太晚了。

既然這樣，宙搭乘的就是十二點三十分往芝加哥的班機，地點在北翼……！

遙迅速取出手機看數位時鐘。十一點三十八分。距離起飛剩下五十二分鐘。不過依照手機調查的情報，出發前三十分鐘就開始登機。也就是說，往芝加哥的班機也是大約在十二點開始登機，安檢當然在這之前早就結束。這麼一來就沒辦法追上宙。

已經不容許片刻猶豫。

遙不曉得撞到前來看公告欄的旅客多少次，好不容易鑽出人群。她遲疑片刻之後，循著「出境手續」的箭頭高速奔跑。距離開始登機約二十分鐘。行李肯定早就托運完畢。遙鑽過穿西裝的白領族以及愉快談笑的中年女性之間，衝上電扶梯，三步併兩步沿著空著的右側往上跑。

來到樓上，是人潮往兩側分開的路口。遙只在瞬間停下腳步，檢視路標。往右是北翼、往左是南翼。

遙靜止零點幾秒之後，左腳使盡力氣一踩，身體飛也似地往右跑。她鑽過人群奔跑。大腿發熱，心臟與肺臟收縮到幾乎破裂，即使如此，她也不能停下腳步。

前方出現幾條人龍。人龍的前端被吸入狹窄如縫隙的通道，似乎是在接受某種檢查。數不盡的旅客在後方排隊等待。

跑向人龍的遙，看見人們手上拿著像是紅色手冊的物體。是護照。他們在排隊接受護照檢查。遙朝著麻痺的雙腳使力。既然在檢查護照，就代表她不可能繼續往前。無論如何都要在這裡追到宙。

遙來到最角落隊伍的最後面，掃視排隊的所有人。從後方依序看到最前排，迅速但不漏掉任何一人。確認宙不在隊裡之後，毫不喘息移動到下一列。

她至今超越的人群之中，沒有那名戴眼鏡的少年。遙相信如果他在裡面，自己絕對會發現。宙肯定在前方某處。遙抱持祈禱的心情，逐一檢視隊列。

「……沒有……」

遙在最後一排隊列前面低語。

她已經仔細找遍所有隊列。但是無論看向哪裡，映入眼簾的盡是成人。別說宙，甚至看不到任何像是國中生的人影。

果然是飛往華盛頓特區的班機嗎……還是已經接受檢查通關了……或許是突然

灰心而鬆懈，呼吸一下子變得紊亂。遙劇烈咳嗽，大腦深處麻痺，視野扭曲。背上猛然噴出汗水，制服底下的上衣已經溼透，再也無法發揮吸汗功能。小腿肚用力抖了一下，差點抽筋。

這次真的來不及了。遙拚命克制自己別當場昏倒，心中一角思索著這個事實。她不顧一切來到這裡。連回家的車錢都不剩。她只抱著「想追上宙」的願望不斷奔跑，可是沒趕上。她和宙的連結永遠斷絕。

遙摸索口袋，取出摺好的紙張。宙所留信件的最後一頁。在遼闊的空白包圍之下，只在正中央寫下一條算式的那一頁。遙就這麼握著這張紙，心不在焉看著來往的人群。

宙果然去了「數學的世界」嗎……

為了解開「黎曼猜想」，拋棄這邊的世界嗎……

不過，這樣或許也好……

因為，這是宙該走的路……

「……不要。」遙以顫抖的聲音，以自己也好不容易才聽得到的細微音量這麼說。幾乎下意識脫口而出的話語。

「我不要這樣……宙……」

遙體內的某種東西隨著這句話決堤。視線逐漸模糊，淚水從眼角溢出。嗚咽進一步妨礙紊亂的呼吸，遙不禁激烈咳嗽。喉頭深處出現燒灼般的痛楚，反胃的噁心感和劇烈的作嘔感襲擊遙。她無視於周圍所有疑惑的視線，感受著刀割般的痛苦哭泣。

就在這個時候……

模糊的視線前方，如同縫隙的護照檢查站後方，似乎有個漆黑的人影在晃動。遙停止呼吸，克制嗚咽與咳嗽，以雙手擦掉溢出的淚水，拚命凝視前方。

剪齊的短髮下方，大到實在和臉孔大小不搭的眼鏡反射著光輝。從上到下一片漆黑的衣服，無疑是熟悉的制服外套。和機場職員交談，面無表情扶正眼鏡的那名少年是……

「宙！」

遙吐出肺裡所有空氣大喊。排隊的人們一起轉身看她，但這種事不成問題。遙眼中只有宙肩膀一顫投向她的驚訝表情。

宙像是不知所措，視線游移不定。一名女性走到他身旁，和少年的視線交會。是上次在教室見到，感覺有些憔悴的宙的母親。她牽著宙要往裡面拉，但宙張開雙腳踩穩，像是在原地生根般動也不動。

遙交互看著宙定住的下半身，以及那張浮現困惑神色的表情，用盡力氣猛蹬堅硬的地面往前跑。膝蓋在發抖，肺部冒出一股像是血的味道。遙絞盡最後一滴體力，讓身體持續向前。宙的信在她右手手心發出聲音被捏成一團。

遙無視於旅客制止的聲音，隨即一名魁梧的警衛擋在眼前。但遙依然沒減速。警衛似乎嚇了一跳，卻立刻恢復為石像般的嚴厲表情，伸手要抓遙的肩膀。

不能被抓！

下一瞬間，遙的身體當場消失，警衛撲了個空。瞬間愣住的警衛，聽到尖銳的摩擦聲而轉身。遙在後方約一公尺處，背對著警衛起身。

滑壘……！

警衛整個人轉過來，將粗壯的手臂伸向遙之前，遙用力高舉右手。

她對長傳沒自信。

無論是練習還是比賽，她都不曉得暴傳多少次。

但是不知為何，這時候的她覺得絕對不會失敗。

捏成一團減少空氣阻力的紙張，飛過護照檢查站，描繪正確的拋物線飛向宙。

「喂！妳到底扔了什麼！」警衛從後方抓住遙的手，但她始終沒有移開目光。

在她的視線前方，宙甩掉母親的手，以雙手穩穩接住飛過來的紙團。

「那是！我的回信！」

少年打開皺巴巴的紙張檢視之後，遙竭盡所能大喊。警衛在她耳邊怒吼，但她不予理會。宙確實存在於現在的這個世界。而且宙確實收到了遙回傳的心意。遙光是這樣就心滿意足。

「等你回來！再一起對答案！」

遙的聲音在寬敞的機場內迴盪數次，甚至留下回音般的餘韻。幾乎在空氣停止震動的同時，面無表情注視著正前方佇立的宙，眼角突然扭曲。整張臉逐漸擠在一起，原本就稚嫩的臉孔，皺得像是回到嬰兒時期。少年像是難以承受情緒般取下眼鏡，以另一隻手掩面，抬頭看向天花板。

明明即將道別，表情卻這麼誇張。手臂被穩穩抓住的遙如此心想。

不過，算了。雖然現在得道別，但我們位於相同的世界。不是數學的世界，是我們活到現在的唯一一個世界。

所以，肯定會在某處重逢……

遙輕聲一笑，沒被抓住的手舉到臉蛋旁邊輕輕揮動，以細語般的音量送出話語。

「……宙，再見。」

問題六

試以數學拯救世界

「……x為偶數，是x為四之倍數的『必要條件』……y為奇數，y^2是為奇數的『充要條件』……」

遙在咖啡廳的位子上，吹著天花板空調送出的微風喃喃低語。打開的筆記本已經畫滿兩個圓相交的圖形。旁邊的冰咖啡玻璃杯披著水滴閃閃發亮。

窗外的油蟬在炎炎夏日之中，毫不厭倦地持續合唱。

「唔～腦袋快打結了……」

遙身旁盯著課本的葵，發出快要哭出來的聲音。她的耳朵前端已經染上粉紅色，大概是用腦過度。冰塊在她的咖啡玻璃杯裡發出清脆聲響，融入店內的清涼空氣。

「好了啦，葵，要是沒學會『邏輯與集合』，就沒辦法進入高中數學的課程喔。」

正對面的真希抬起頭，以母親般的語氣勸誡。

「可是～」葵說著噘起嘴，手中的自動鉛筆不斷轉動。

遙看著兩人的互動，露出苦笑。

高中第一年的夏天。遙等人占據咖啡廳一角，努力寫暑假作業。科目當然是數學。雖然大家現在就讀不同的學校，但是一起討論數學的習慣，從國二一直持續至今。

每週造訪的速食店滿是國中生，所以升上高中之後，聚集場所自然變成咖啡廳。遙混在年長客人之間，覺得自己成熟了些，試著點冰咖啡。她在咖啡加入滿滿的糖漿，以吸管吸了一口。還是好苦，她眉頭深鎖。看來遙的舌頭依然留在孩童時代。

遙正前方的翔，從剛才就一直托腮看著旁邊。一如往常的三分頭高中棒球少年。他皺眉保持沉默，掛著正經的表情。沿著翔的視線看去，是設置在架上的電視。電視播放午間訪談節目。滿臉皺紋的白髮老人嚴肅地對年輕的男主持人說話。

「我們原本期待這次的發現，可以為數學歷史寫下新的一頁。雖然很遺憾變成這種結果，但也沒辦法了。」

老人說到這裡停頓，感慨地嘆氣。主持人頻頻點頭附和。

「在講什麼？」

葵察覺電視節目的聲音，看著翔的側臉詢問。翔只移動視線朝她一瞥，立刻繼續看電視，興趣缺缺地回應。

「英國數學家的論文。有人找到證明裡的矛盾之處。」

「啊，這我知道。」真希接續翔的話語。「是宣稱『世紀大發現』鬧得沸沸揚揚的論文吧？」

「是喔……是怎樣的論文？」

葵將自動鉛筆放在桌上，稍微探出身子詢問真希。真希露出有點為難的表情，撥起短髮回應。

「唔～我也不太清楚……記得是解開某個很難的問題……叫什麼啊……？」

「『黎曼猜想』吧？」

遙的聲音，使得三人的視線從電視集中到她身上。

「『ζ(s)的非平凡零點s，實數部分是½。』這是一百五十年來，沒有任何人成功證明的未解決問題。」

遙閉上眼睛，說出珍藏在記憶抽屜裡的話語。翔瞇細雙眼，佩服地咧嘴一笑。

「妳真清楚。」

「但我完全不曉得內容就是了。」

遙聳肩回應。這只是從那個傢伙那裡現學現賣，遙本身對「黎曼猜想」一無所知。

不過……

對於遙來說，這是寶貴無比的事物。

「『黎曼猜想』隱含了查明質數之謎的重要事實。雖然是關於ZETA函數實數部分的預測，卻也和歐拉乘積關係密切……」電視裡的老人有些激動地述說，似乎是身上某個開關被打開。主持人好像也懶得附和了。

「……若能解開這個問題，人類將大幅接近質數的真相。電腦保全技術將突飛猛進，也可望成為殺手鐧，對付近年增加的網路攻擊……」

「看來，數學拯救世界還是很久以後的事。」

翔將雙手放在頭後，夾帶嘆息這麼說。葵目不轉睛看著電視，大幅歪過腦袋，輕盈晃動馬尾，以銀鈴般的聲音詢問：

「可是，一百五十年以來，已有很多人挑戰吧？這種問題真的解得開嗎？」

「解得開。」

遙立刻回應。葵瞪大雙眼，翔疑惑蹙眉，真希只以熟知隱情的表情微微點頭。

解得開。至少我知道某人解得開。遙看著電視輕聲一笑。

兩年前——她回憶著道別的那一天。

那天，遙在機場將宙的信扔回去給他。只在正中央寫一條算式的那一頁。但遙並非原封不動扔回去。遙在「y－x＝0」這條算式加上一個符號。代表遙心意的小小訊息。

$$y-[x]=0$$

這就是遙那天回傳的算式。

宙從她那裡接收到的心意。高斯符號的函數：「$y-[x]=0$」。變化一下就是「$y=[x]$」。這條算式的圖形，是斷斷續續的階梯。宙曾經畫在筆記本給她看，通往遙遠高處的無限階梯……

即使暫時分離。

即使圖形中斷。

不久的將來，我們繼續並肩前進吧。

我等你。

到時候，再開數學屋吧。

「那麼，問葵一個問題。」

真希愉快的聲音，使得遙回神從電視移開視線。真希打開帽子形狀的糖球，將糖漿倒進自己的玻璃杯。美麗清澈的糖漿在咖啡的黑色之中輕盈擴散。

「我喝咖啡喝到一半，多加一顆糖球。糖漿的濃度是百分之幾？」

「等一下，怎麼突然問這個？」

「當然是要複習數學啊。記得『濃度』也是妳不擅長的領域吧？」

真希將玻璃杯「咚」一聲放在葵面前。咖啡減少到三分之二。真希手邊有兩顆糖球。仔細看透明的糖球，會發現一顆是空的，另一顆大約剩下一半。

「呃……」

即使是冷不防地提問，葵也沒什麼抗拒就開始思索。但終究是她不擅長的領域，似乎沒辦法順利算出答案。

「剛開始放一顆糖球，喝三分之一之後再放半顆……」

「這種問題，想一下就知道了。」

葵注視玻璃杯歪過腦袋時，翔以無奈的語氣插嘴。

「真要算的話，乾脆來計算最好喝的濃度吧。」

翔也拿起一顆糖球打開，如此提議。葵受驚般猛然抬頭。

「暑假作業可以晚點再寫吧？」翔愛理不理地說完，葵也莫名開心地闔上參考書。她悄悄對遙使個眼神，遙也自然露出笑容。

「要是沒成為生活的助力，數學會很可憐的。」

這句話脫口而出。遙並非刻意模仿宙，卻不禁覺得很像那個傢伙會講的話。

「那就這麼決定了。事不宜遲，來收集『數值』吧。」

「咖啡不夠，加點吧。」

真希抓起一把糖球。翔舉手叫店員過來，加點四杯冰咖啡。葵甜美一笑，喀嚓喀嚓按著自動鉛筆。

遙看著這幅光景，像是眺望遠方般瞇細雙眼。

宙現在不在這裡。

不過，宙留下的東西，確實將他們連結在一起。大家像這樣聚集起來解數學問題，相視而笑。這是一幅絕不褪色的風景。記憶連結現實、過去連結現在，編織成一條帶子。那天所處的世界，和現在所處的世界完全相同。遙如此確信。

相較於「拯救世界」這個目標，或許等級差很多，不過……

我們也和宙一樣，走在無限延伸的階梯上。

不是什麼「數學的世界」。

我們和宙位於相同的世界。遙不經意看向窗外。距離地面以及蟬鳴極為遙遠的高處，清澈的藍天一望無際，和遙遠的美國相連。

飛機雲描繪筆直線條穿過天空，無盡延伸。

國家圖書館出版品預行編目資料

拜託了！數學先生／向井湘吾作；張鈞堯譯. -- 初版. -- 台北市：麥田出版：家庭傳媒城邦分公司發行, 2014.07
面；　公分. --（日本暢銷小說；73）
ISBN 978-986-344-106-9（平裝）

861.57　　103009050

ISBN 978-986-344-106-9
Printed in Taiwan.

日本暢銷小說 73

拜託了！數學先生

作者｜向井湘吾
譯者｜張鈞堯
封面設計｜Gladee
責任編輯｜謝濱安
總編輯｜巫維珍

編輯總監｜劉麗真
總經理｜陳逸瑛
事業群總經理｜謝至平
發行人｜何飛鵬
出版｜麥田出版
台北市南港區昆陽街16號4樓
電話：(02) 2500-7696
傳真：(02) 2500-1951
部落格：http://ryefield.pixnet.net
發行｜英屬蓋曼群島商家庭傳媒股份有限公司
城邦分公司
地址：台北市南港區昆陽街16號8樓
網址：http://www.cite.com.tw
客服專線：(02) 2500-7718｜2500-7719
24小時傳真專線：(02) 2500-1990｜2500-1991
服務時間：週一至週五 09:30-12:00｜13:30-17:00
劃撥帳號：19863813　戶名：書虫股份有限公司
讀者服務信箱：service@readingclub.com.tw
香港發行所｜城邦（香港）出版集團有限公司
地址：香港九龍土瓜灣土瓜灣道86號順聯工業大廈6樓A室
電話：+852-2508-6231
傳真：+852-2578-9337
馬新發行所｜城邦（馬新）出版集團 Cite (M) Sdn Bhd (458372U)
地址：41, Jalan Radin Anum, Bandar Baru Sri Petaling,
57000 Kuala Lumpur, Malaysia.
電話：(603) 90563833
傳真：(603) 90576622
電郵：services@cite.my

印刷｜中原造像股份有限公司
初版一刷｜2014年7月
初版十一刷｜2024年3月
定價｜260元